Von ferne gesehen

buchjournal bibliothek

Über das Buch

Heimat – ein Begriff, gespiegelt in 1000 Facetten. So viele Beiträge gingen beim zweiten Schreibwettbewerb von Buchjournal und Books on Demand im Jahr 2006 zum Thema »Heimat« ein. Aus den Einsendungen hat eine prominent besetzte Jury die 20 besten Heimatgeschichten ausgewählt. Der Besuch einer Tochter bei den Eltern, der bedrückend rituellen Mustern folgt, zwei Freundinnen, die sich nach Jahren wieder in ihrer kleinen Heimatstadt gegenüber stehen, oder drei gesellschaftliche Außenseiter, die sich gegenseitig Heimat sind – alle Geschichten dieses Buches erzählen von der tiefen Sehnsucht danach, seinen Platz in der Welt zu finden, aufgehoben zu sein, sicher und geborgen. Es zeigt aber auch, dass diese Sehnsucht häufig unerfüllt bleibt, denn Heimat ist ein sperriger Begriff und nicht etwas, das einem unmittelbar gehört. So handelt dieses Buch auch von Enttäuschungen und den Versuchen, Geborgenheit selbst – oft schmerzhaft – erst zu erschaffen. Aber lesen Sie selbst: Wir laden Sie ein – auf eine vielseitige literarische Entdeckungsreise durch die Heimat!

Die Autoren

Christoph Aistleitner, Dorothea Beckmann, Katharina Bendixen, Kevin Effing, Angelika Friebe, Adrienne Friedlaender, Michael Hetzner, Marina Jenkner, Uwe Krüger, Harald Lahann, Wiete Lenk, Uta Lösken, Anja Manz, Jutta Miller-Waldner, Sabine Prigge, Stefanie Rudolph, Werner H. Schönherr, Anja Seuthe, Sybil Volks und Verena Wolf sind die Preisträger des Kurzgeschichtenwettbewerbs des Buchjournals in Kooperation mit BoD.

Von ferne gesehen

Heimatgeschichten

Herausgegeben von der
MVB Marketing- und Verlagsservice des Buchhandels GmbH
in Kooperation mit der Books on Demand GmbH

Bibliografische Information der Deutschen Nationalbibliothek
Die Deutsche Nationalbibliothek verzeichnet diese Publikation in der
Deutschen Nationalbibliografie; detaillierte bibliografische Daten sind im
Internet über http://dnb.d-nb.de abrufbar.

Herausgeber:
MVB Marketing- und Verlagsservice des Buchhandels GmbH
Großer Hirschgraben 17 – 21
D-60311 Frankfurt am Main
Tel.: 069 / 13 06-0
www.mvb-online.de
www.buchjournal.de

Herstellung und Verlag:
Books on Demand GmbH
Gutenbergring 53
D-22848 Norderstedt
Tel.: 040 / 53 43 35-0
www.bod.de

© 2006 MVB Marketing- und Verlagsservice des Buchhandels GmbH
© der Einzelbeiträge bei den AutorInnen
Umschlagmotiv: Helen Schiffer
Umschlaggestaltung: Susanne Baumgarten
Satz: Books on Demand GmbH
Printed in Germany
ISBN-10: 3-8334-6119-5
ISBN-13: 978-3-8334-6119-4

Inhaltsverzeichnis

»Wohin gehen wir? Immer nach Hause.«

Novalis

Vorwort

Eine Kurzgeschichte zum Thema »Heimat« sollte es sein – so der Aufruf zum zweiten Schreibwettbewerb von Buchjournal und Books on Demand. Ein Begriff, gespiegelt in 1000 Facetten. Denn so viele Beiträge gingen bei uns ein, Variationen von Heimat, einem einzigen Wort, zu dem jeder seine persönliche Beziehung hat, seine eigene Geschichte erzählen kann, den eigenen Ton findet.

Heimat – Stillstand, Enge? Gewiss, wenn wir der Sieger-Geschichte von Katharina Bendixen folgen, in der der Besuch einer Tochter bei ihren Eltern einem bedrückenden rituellen Muster folgt.

Heimat – erwachsen werden, zu sich selbst finden? Verena Wolf, mit dem zweiten Preis ausgezeichnet, erzählt in »Wieder zu Hause« von einer Begegnung zwischen zwei Freundinnen, die noch eine Rechnung offen haben.

Heimat – ein fester Ort? Kann sein, kann auch nicht sein, wie die Geschichte »Freddie, Buste und ich« von Kevin Effing zeigt, dem dritten Preisträger, in der drei Freunde sich gegenseitig Heimat sind.

Heimat – etwas typisch Deutsches? Auf keinen Fall, auch wenn wir über landesspezifische Symbole wie Hirschgeweih, Kuckucksuhr und Gelsenkirchener Barock verfügen.

Aus den 1000 Einsendungen hat die Jury die 20 besten Geschichten ausgewählt. Heimat: nach Hause kommen, zu Hause sein, daheim. Und das Gegenteil: Abschied nehmen, Heimweh haben, sich heimatlos fühlen, heimatvertrieben. Zwischen diesen Polen bewegt sich ein großes Gefühl, eine tiefe Sehnsucht danach, seinen Platz in der Welt zu finden, aufgehoben zu sein, sicher und geborgen. Davon erzählen diese Geschichten.

Irene Nießen
Buchjournal

Dr. Moritz Hagenmüller
Books on Demand

Katharina Bendixen

Kellerfernseher und Fußbodenheizung

Da bist du also wieder zu Hause«, sagt die Mutter, und ich denke, da bin ich also wieder zu Hause. Ob die Fahrt gut gewesen sei, will sie wissen, das sei sie gewesen, ja, sage ich. Aber der Schnee, wirft die Mutter ein, nun sei ich ja da, sage ich, und die Autobahnen seien gut geräumt gewesen. Dass sie das immer gut machen, lobt die Mutter, und ich nicke ein bisschen zu häufig, während wir das Haus betreten. Die Mutter und ich sagen »ja« zur gleichen Zeit, und ich packe die Hausschuhe aus, die neben dem Nachthemd in der Tasche liegen. Der Flur ist frisch gestrichen, man riecht noch die Farbe. Schön hätten sie das gemacht, sage ich, und die Mutter murmelt etwas vor sich hin und sagt dann, dass ich erst mal die Küche sehen sollte, die sei noch viel besser geworden. Dass man sich das gar nicht vorstellen könne, wo der Flur schon so gut und so neu sei, erwidere ich, weil ich weiß, dass sie sich dann vorläufig freut. Die Küche hat jetzt eine Fußbodenheizung, das hat mir die Mutter schon am Telefon erzählt, und so einen modischen Herd mit Cerankochfeld, aber der Elektroherd sei doch besser gewesen. Aber in diesem Küchenstudio hätten sie ihr das eingeredet und sie danach beinahe gezwungen, den Vertrag zu unterschreiben. Wer sich heute eine neue Küche machen lasse, ohne sich ein Cerankochfeld einbauen zu lassen, sei ja schon fast verrückt, auf jeden Fall unvernünftig, hätten sie gesagt, und das wollte die Mutter sich nun doch nicht unterstellen lassen. Aber da könne ich mal sehen, wie man heute den alten Leuten das Geld aus der Tasche zieht, hat sie noch hinzugefügt, und weil ich nie Zeit hätte und sie zu solchen wichtigen Terminen im Küchenstudio oder beim Hals-Nasen-Ohren-Arzt nicht begleiten würde, könnten sie sich dieses Jahr nun keinen Weihnachtsbaum leisten. Dass doch erst Februar sei, habe ich erwidert, und die Mutter sagte trotzig, das wisse sie schon jetzt. Die Küche hat eine Fußbodenheizung und ein Cerankochfeld, meine Hausschuhe könne ich gleich wieder ausziehen, sagt die Mutter, das sei jetzt nicht mehr so wie früher, man müsse nicht immerzu Hausschuhe tragen wegen der neuen Küche mit Fußbodenheizung und Cerankochfeld, und dabei lacht sie, als wäre das Laufen und Sitzen in Socken der größte Vorteil der neuen Küche. Ich stelle sie ordentlich an den Rand der Küchenbank und richte sie parallel aneinander aus, weil ich weiß, dass der Vater sich darüber vorläufig freut. Der Vater sagt, ohne Hausschuhe, ob ich denn meine ganze Erziehung vergessen habe, was für Sitten denn in der Stadt herrschten, als er aus dem Keller kommt, um mich zu begrüßen. Ich rutsche zum Rand der Bank, ziehe die Hausschuhe wieder an und gebe ihm die Hand. »Schön«, sagt er dabei. Wir trinken Kaffee und essen Kuchen, obwohl es dafür eigentlich schon zu spät ist. Eine Ausnahme sei das heute, sagt der Vater, und die Mutter nickt dabei, sonst gebe es immer um drei Kaffee und nicht erst um fünf. Weil ich aber so lange arbeiten müsse, sagt der Vater, eine kleine Ausnahme, nur heute, nicht dass ich denke, sie machten das immer so. Dass ich das nicht denken würde, sage ich, während sich Kuchen und Kaffee zu einer klumpigen, schwer schluckbaren Masse in meinem Mund vermischen. Als ich sage, dass mir eine Tasse Kaffee reiche, schenkt die Mutter mir trotzdem nach, zwei Tassen Kaffee würden am Nachmittag getrunken, sagt der Vater und lächelt, als wäre das lustig. Den Keller müsse ich sehen, sagt er, einen so tollen Keller hätte ich noch nie in meinem Leben zu Gesicht bekommen, und ich schlucke und trinke Kaffee und passe auf, dass mir nicht schlecht dabei wird. Mein Bett hätte sie schon bezogen, sagt die Mutter, dass das doch jetzt nicht so wichtig sei, weist der Vater sie zurecht, als ob das Mädchen jetzt schon schlafen wolle. Ich sehe aus dem Fenster auf die verschnittene Eiche und den Stumpf der gefällten Kiefer, der fast im Schnee verschwindet. Bald sei auch schon Ostern, sagt die Mutter, im Supermarkt gebe es schon Osterhasen. Mein Vater meint, dass er keinen Osterhasen aus dem Februar wolle, sondern einen aus dem April, und wenn sie schon welche gekauft hätte, solle sie die mir mitgeben oder etwas anderes damit tun, den Nachbarskindern eine Freude machen. Der Kaffee ist alle, nachdem jeder zwei Tassen getrunken hat. Jetzt müsse ich mir aber den Keller ansehen, sagt der Vater, die Mutter hätte den Osterschmuck schon auf die Treppenstufen getan, wohl um ihm eine Falle zu stellen, dass er stolpern und sich das Genick brechen würde, dass ich vorsichtig sein solle mit der Falle von der Mutter. Ich bin vorsichtig. Im Keller hat der Vater sein eigenes Wohnzimmer eingerichtet, mit einer Couch, einem Fernseher, einer kleinen Schrankwand, einem Beistelltisch. Schön, sagt er, und ich nicke dazu in meinen Hausschuhen. Der Fernseher sei viel größer als der im Erdgeschoss, erklärt der Vater, ob ich mal schauen wolle. Dass ich es ja schon gesehen habe, sage ich. Er macht den Fernseher trotzdem an. In Polen sei das Dach einer Halle mit einer Brieftaubenausstellung eingestürzt aufgrund der Schneemassen, die das Dach nicht mehr getragen hätten, melden sie gerade. Es seien beinahe siebzig Menschen in den Trümmern begraben worden. Ein deutscher Botschafter kommt zu Wort und erklärt, dass die Polen versuchten, alles Menschenmögliche zu versuchen, und die Deutschen versuchen, sie bei ihren Versuchen zu unterstützen. Ich lache ein bisschen, während der Vater an der Fernbedienung herumfummelt und die Antenne hin und her schiebt, dabei ist der Empfang gut, besser als früher im Wohnzimmer. Ein Überlebender meint, dass die Notausgänge durch Schnee versperrt gewesen seien und dies bei einer Ausstellung mit Besuchern aus internationalen Ländern einfach nicht passieren dürfe. Ich lache noch einmal ein bisschen, der Vater stellt den Fernseher aus. Was daran lustig sei, will er wissen. Dass ich mich frage, wie viele Brieftauben gestorben sind, erwidere ich. Ich solle seinen Keller verlassen und zur Mutter gehen, befiehlt er mir, und ich steige in meinen Hausschuhen über den Osterschmuck wieder nach oben zu Cerankochfeld und Fußbodenheizung. Als ich oben bin, schaltet der Vater den Fernseher wieder an. Die Stimmen dringen durch die geschlossene Kellertür gedämpft in die Küche, in der die Mutter am Abwasch steht und ihre Hände im Spülwasser nicht bewegt. Mein Bett habe sie schon bezogen, sagt die Mutter noch einmal, ohne sich umzudrehen, ob ich mal schauen wolle. Ich nehme meine Tasche mit dem Nachthemd und dem Luftloch, das die Hausschuhe hinterlassen haben, und laufe in den ersten Stock. Auf den Treppenstufen liegen noch die Kartons mit dem Weihnachtsschmuck, ich kenne sie von früher, als ich am 24. Dezember vormittags halb elf beginnen durfte, den Baum zu schmücken, und halb zwölf damit fertig sein musste, weil es selbst Weihnachten pünktlich Mittagessen gab. Die Mutter hat die Wäsche von früher aufgezogen, Micky Maus und Minnie Maus, dazu das Laken von Goofy, es bellt und piept in den Augen. Meine Kuscheltiere stehen in einer langen Reihe über dem Bett auf einem Regal. Auf dem Schreibtisch liegt ein Handtuch, dessen Frottee schon vollständig abgetrocknet ist, daneben ein aufgeschlagenes Kinderbuch, es ist »Mimi und die Küchenarbeit«, ich habe es als Kind erst geliebt und dann begonnen zu hassen, als mein Vater anfing, mich Mimi zu nennen, wenn ich abtrocknen oder sauber machen sollte. Einmal hat er mir mit der Fernbedienung ein blaues Auge geschlagen, als ich nicht helfen wollte, aus Versehen natürlich, aber weh tat es trotzdem. Ich setze mich auf Micky Maus und Goofy, nehme das Nachthemd aus der Tasche und lege es gefaltet unter das Kopfkissen, damit es später für den Schlaf schon bereit ist. Ich stehe wieder auf und öffne die Schranktür, in der ich die Falle vorbereitet habe. Aber das Haar, das ich über mein Tagebuch gelegt habe, befindet sich noch an seinem Platz. Es sieht anders aus als beim letzten Mal, es ist ein bisschen gekrümmt und hat Spliss in der Spitze bekommen. Vielleicht ist es weiter gewachsen, auch wenn es nicht mehr auf meinem Kopf ist, denke ich und gehe wieder hinunter. Ich glaube nicht, dass die Mutter mein Tagebuch ignoriert, wenn es ihr in die Hände fällt. Aber sie kennt die Falle mit dem Haar, damit schützt sie ihre Schubladen. Während des Abendbrotes versuche ich, alles zu versuchen, um eine bessere Falle zu ersinnen, aber ich habe keine Idee. Dass er noch gar nichts essen könne, sagt der Vater, während mein Nachthemd unter dem Kopfkissen auf mich wartet, dass wir ja gerade erst Kaffee getrunken und Kuchen gegessen hätten und dass es ja nicht umsonst eine Uhr gebe. Ich verkrampfe die Zehen in den Hausschuhen, damit ich sie nicht verliere, und die Mutter sagt, als wäre das ein Trost: »Hell ist es noch draußen, dabei ist es schon fünf nach sechs.«

Verena Wolf

Wieder zu Hause

Du bist da, wieder hier.

Bremse vor dem alten Bauernhaus, parke, zieh die Handbremse an. Akzeptiere die bekannte Stille, die du vergessen hattest. Sitze da, atme langsam aus. Überprüfe im Rückspiegel Lidstrich und Lippenstift, lächle dir aufmunternd zu, lege den Mantel über den Arm, zieh den Schlüssel ab, öffne die Autotür. Die Nachbarin schaut lauernd herüber, Frau Böhlke, sie lebt wahrhaftig immer noch. Sei nicht entsetzt, sondern beeindruckt, dass du sofort ihren Namen wieder weißt, beglückwünsche dich, weil sie dich nicht erkennt. Nimm die als Geschenk verpackte teure Rotweinflasche vom Beifahrersitz, lass die Reisetasche erst einmal auf der Rückbank. Die kannst du später holen. Denk an ihre E-Mail:

»Das ist ja eine Überraschung! Ja, Schwamm drüber, komm vorbei. Den Weg kennst du ja. Natürlich kannst du übers Wochenende bleiben, wenn du willst. Ich freu mich.«

Halte dich an den Worten fest, gehe gerade auf den hier zu hohen Schuhen zum Haus, ignoriere den Blick der Nachbarin. Entspanne die Schultern, denn du bist eine selbstbewusste Frau, unabhängig, du musst niemandem etwas beweisen. Stell dir vor, wie du mit ihr Klassenfahrtfotos anschaust, Wein trinkst, alte Geschichten austauschst. Sage dir, es kann wieder werden wie früher, ihr seid jetzt beide erwachsen.

Drücke die Klingel, toleriere das Gefühl auf Knopfdruck zehn Jahre in die Vergangenheit zurückzureisen. Ignoriere das Herzrasen. Jemand kommt. Die Tür geht auf. Erkenne an, dass sie kaum älter aussieht, kurze lockige Haare, etwas mollig. Zeig ihr durch eine Umarmung, dass alles vergessen ist, beobachte, dass sie wie früher vollkommen selbstsicher wirkt. Zeige lachend auf das kleine Mädchen neben ihr: »Ist das …?« Verstumme, als sie dich wie früher sofort barsch unterbricht: »Nein, nein, das ist die Kleine. Die Große ist mit Tim beim Pferd.«

Nicke ruhig hin, wie der Name aus ihrem Mund klingt. Merke dir, reiten ist ihr Hobby. Sieh der Kleinen betont freundlich nach, als sie schüchtern in ihr Kinderzimmer läuft, zeige Interesse, indem du nach ihrem Namen fragst. Hänge deinen Mantel auf, nimm dir nach ihrem belustigten Blick auf deinen Anzug vor, wie sie nächstes Mal in Jeans und Pulli hier zu erscheinen, obwohl du direkt vom Büro losgefahren bist. Nimm dir im nächsten Moment vor, das nicht zu tun, da es egal sein sollte.

Setz dich auf das Sofa, nimm dankend die Tasse Filterkaffee entgegen, trink langsam, erinnere sie nicht daran, dass du Kaffee noch nie ausstehen konntest, schon früher nur Tee trankst. Sie weiß es wohl nicht mehr.

Zeige Interesse, indem du beim Rundgang Details lobst, als sie die Größe des Hauses hervorhebt, verstehe ihren offensichtlichen Stolz, als sie dich neckt, das könne sich in der Stadt ja niemand leisten. Sie hat ja Recht. Winke bescheiden ab, als sie lauernd erwähnt, dass du sicher wie alle in der Stadt gut verdienen würdest, überhöre den missgünstigen Ton. Stelle eine harmonische Basis her, erkläre, ab und zu würdest du die Stille des Dorfes, die Wälder doch vermissen, flunkere überzeugend. Nimm noch einen Schluck widerlichen Kaffee, lobe den selbstgemachten Kuchen, scherze, dass du noch immer nicht einmal ein Glas Wasser kochen kannst, ohne es anzubrennen. Übersehe ihr herablassendes Kopfschütteln, genieß vielmehr das gemeinsame Lachen. Führe kleine amüsante Episoden an, entdecke, dass du dich ihr verbunden fühlst. Lass dir berichten, wie überglücklich sie ist, dass das Leben ihr alles gab, was sie wünschte, sie das auch verdiente. Stimme zu. Sei nicht zu überrascht, dass es schön ist, wieder ihre Stimme zu hören.

Entspann dich, als sie fragt, ob du nie heiraten willst. Kinder könne man nicht ewig kriegen. Und du seist schließlich noch drei Jahre älter als sie. Entschuldige dich zuvorkommend und gehe auf die Toilette. Wasch dir die Hände, schau in den Spiegel. Atme aus. Du stehst da drüber. Geh wieder hinein und erkläre mit ruhiger, fester Stimme, dass du seit zwei Wochen wieder solo bist. Du hast nichts zu verbergen. Du gingest keine Kompromisse ein, dieses letzte Prinzip hättest du immer noch.

Erläutere sachlich, warum es nicht gepasst habe und dass es besser so sei. Antworte offen auf ihre Frage, wann deine letzte längere Beziehung war, mit einem Schulterzucken. Zeige mit einem Lachen, dass dies nicht die Hauptrolle in deinem Leben spielt. Putz dir die Nase. Erkältung. Gehe nicht auf ihren Ausruf ein, da müsse man ja nicht gleich kindisch aufs Klo rennen und heulen.

Höre ihr aufmerksam zu, wie sie ausführlichst vorschlägt, dein Leben in geregelte Bahnen zu bekommen. Es sei noch nicht zu spät. Ignoriere lächelnd ihren Hinweis auf deine früheren gescheiterten Beziehungen und deinen wankelmütigen Charakter. Sie will dir nur helfen. Wiederhole, dass du keine Kompromisse eingehen wolltest, und verstehe ihre Antwort »weltfremde Träumerin« als Lob. Quittiere ihre wertvollen Tipps, wie man Männer um den Finger wickelt und – anders als du – ein erfolgreiches Leben aufbaut mit dankbarem Schweigen.

Deute ihren Zeigefingernagel, der die Worte unterstreichend rhythmisch in deinen Oberarm pikt, als Anteilnahme.

Lade sie ein, dich zu besuchen in der Stadt. Ihr könntet ausgehen, um die Häuser ziehen, so sein wie früher. Sei verständnisvoll, als sie seufzt, mit den Kindern und mit Mann, das sei nicht so einfach, wie du dir das als Single vorstellst. Sie könne anders als du nicht einfach tun und lassen, was sie wolle. Sie hätte ja Verantwortung. Nimm die Schärfe aus der Stimme, wenn du entgegnest, dass sie doch dieses Leben unbedingt so gewollt habe, auf dem Land, früh verheiratet und Kinder. So schnell es ging. Daran hätte sie doch alles gesetzt. Nimm wahr, wie sie die Arme vor der Brust verschränkt und ihre Selbstzufriedenheit kurz flackert.

Sei rational, sei ruhig, sei freundlich. Lob noch einmal ihren selbstgemachten Kuchen, ihr hübsches Kind, die Stille auf dem Land, die perfekte Luft und die Tatsache, dass hier jeder jeden kennt, jeder alles über jeden weiß und schweigt. Erwähne nicht, dass du nicht mehr auf dem Land wohnst. Dass du fahren kannst.

Sag dann ruhig, aber bestimmt, dass du genau wüsstest, dass es nur das eine Mal gewesen sei mit ihr und Tim nach der Fete. Und du auch wüsstest, dass das Kind kein Unfall gewesen sei, sie die Pille absichtlich nicht genommen hätte, dass alles geplant gewesen sei, weil Tim eben mit dir zusammen war und nicht mit ihr. Und sie darum Tim wollte. Führe leise aus, dass du auch deshalb weggezogen wärst, dass Tim sie aber nie geliebt hätte, er das heulend beteuert hätte, damals bei dir auf dem Sofa, er nicht bleiben wollte, auf dem Land oder bei ihr, Baby hin oder her, zurück wollte zu dir. Erklär ihr zuvorkommend, dass du ihm deutlich gesagt hattest, dass das nicht für dich ginge, da sie deine beste Freundin sei. Und dass du keine Kompromisse machen wolltest.

Dann frag sie freundlich nach einer Tasse Tee.

Kevin Effing

Freddie, Buste und ich

Freddie kaut an etwas, das ich lieber erst gar nicht sehen will. Immerhin hat Freddie einmal einen Ballen Haare ausgespuckt. Da kann man sagen, was man will, aber das ist einfach eklig. Dabei ist Freddie ansonsten ganz o. k., bis auf diese Macke, irgendwie alles in den Mund stecken zu müssen. Wie ein Kind … oder ein Hund oder was weiß ich … Lassen wir das. Das führt doch nur wieder zu der Geschichte mit Frau Samenbreit, die an sich echt ganz lustig ist, nur dass ich in der Geschichte noch schlechter wegkomme als Freddie. Ich merke das dann immer erst, wenn's zu spät ist, dass ich mich mal wieder blamiert habe. Keine Ehre haste im Leib, hat mal Buste zu mir gesagt. Nee, hab ich nich, find ich auch nicht schlimm, find ich ziemlich albern, diesen Ehrenmist und so weiter … Hab'n doch alle unsere Fehler und unsere peinlichen Sachen, warum soll man das immer verstecken … Aber dann merke ich, dass ich irgendwie gesunken bin in den Blicken von den Leuten, wenn ich mal wieder zu viel … und deswegen lass ich das lieber

Also, Freddie kaut an was, während wir da oben stehen auf der Bösebrücke, die den Wedding vom Prenzlberg trennt, und auf Buste warten. Das sieht ziemlich schön aus, wenn man auf der Brücke steht und in die Stadt schaut, ich weiß, das sagt man hier nicht, in die Stadt, aber ich will was erzählen, und das hat was zu tun mit der Stadt, aus der ich komme, und das ist eine kleine Stadt. Eine Stadt, in der ich auch wieder nicht gewohnt habe, sondern auf einem Dorf vor der Stadt. Bezeichnenderweise Bauerbach, und wenn man von Bauerbach nach Marburg gefahren ist, dann hat man gesagt, dass man in die Stadt fährt … In Berlin ist (fast) alles Stadt … in die Stadt schauen, dann meine ich zum Fernsehturm, den ich gut leiden mag, den man von überall sehen kann, auf den ich ganz am Anfang gefahren bin. Da oben habe ich einen Milchkaffee getrunken, den gab es für neun DM oder so ... das ist ziemlich viel, was aber im Grunde nichts macht (angenommen man fährt zu zweit da hoch, was ich damals nicht gemacht habe) ... denn man bekommt 'ne riesige Tasse vorgesetzt ...

Also ich bin da hoch, ganz am Anfang meiner Zeit in Berlin, als ich sozusagen geflüchtet bin aus ... und da oben hab ich über diese Stadt gesehen, diese ausgestreuten Häuser bis zum Horizont mit den langen grauen Linien dazwischen ... und da hab ich gedacht, wow, das ist eine richtig große Stadt ...

Und was ich noch gedacht habe, heb ich für den Schluss und den Effekt auf ...

Also auf der Brücke, ich und Freddie, und wir warten auf Buste ...

Wer Buste ist? Na, Buste ist 'ne olle Transuse, so 'n Mensch mit Geschwindigkeit runtergeschraubt im Vergleich zu den anderen Menschen. Muss immer erst denken, was es bedeutet, was jemand sagt, und ist und macht ... und ist eine Spur langsamer als ich und von mir sagt man ja schon, dass ich langsam bin, dabei muss ich auch nur immer etwas denken und überprüfen und einordnen ... nicht wenn ich allein bin, nur mit anderen. Andere Menschen sind anstrengend für mich ... so fern und weit von dem, was ich bin und denke und kenne.

Muss ich immer erst mal übersetzen, für mich. Pech ist nur, dass ich das nicht sagen kann, sag mal, hey Moment, ich muss übersetzen, ich kenn deine Welt nicht, die Welt von den meisten ... das ist ganz schön Arbeit, das Übersetzen, die außerdem keiner anerkennt ...

Ich möcht's mal sehen, das Geschrei, wenn einer mit nur einem Bein 'nen Marathon läuft ... ich lauf das jeden Tag auf einem Bein sozusagen und keiner grölt und klatscht ... ich meine bildlich gesprochen ...

Bin jetzt weggekommen von dem, was ich angefangen habe ... von mir und Freddie auf der Brücke und Buste, den ich beschreiben wollte ... ein bisschen schäme ich mich manchmal, wenn Buste bei mir ist, weil dann alle wahrscheinlich erkennen können, dass wir alle drei irgendwie eine Meise haben ... bei Scham fällt mir die Stadt ein und das Dorf, Bauerbach, und das Haus, in dem ich … Beschämt wurde … So behaupten das die Seelenklempner, dass die Scham nicht in einem drin ist, sondern von außen in dich reingestopft wird …

O. k., da kommt Buste, der kleine krumme Mensch, nach dem sich auch schon gleich einer kopfschüttelnd umschauen muss … so 'n Blödhirni … dünn isser, jedes Mal dünner und hat Haare, die hängen ins Gesicht, dass Buste nur noch um oder zwischen Strähnen rausschauen kann, ohne dass jemand Buste beim Rausschauen anschauen kann. Mensch, Buste, dich kenn ich, deine Angst und die Scham … und ich weiß, dass de hart gegangen bist, viel härter als die, die mit ihrem Rücken in die Luft staksen, als könnten se was daraus rauspieksen … mit einem Stolz auf was, das ich nicht verstehe … mit ihren kleinen weißen Gesichtern, in die erst noch Erfahrung muss … und die ich manchmal ziemlich hasse, wenn sie meinen zu wissen und können keinen Deut mal rüber aus dem Leben von sich … und was ich noch mehr hasse, dass dann ich gehässig bin, dabei sind diese kleinen weißen Milchfressen die … ach, lassen wir das …
  Freddie: Na, hast'es geschafft, altes Teil?
  Buste: Wat denn?
  Freddie: Na, aus dem Haus zu gehen, die Treppe runter, die Straße lang geradewegs zu uns …
  Buste grinst.
  Ich: Na denn, los geht's …
  Ich weiß auch nicht, wer auf die Idee gekommen ist, denn wir waren schon ziemlich breit. Man muss allein bedenken, dass Buste plötzlich zu reden anfing … Satz nach Satz nach Satz kamen Wort für Wort aus dem Mund, der sonst lieber zu bleibt, als sich zu öffnen als für was anderes als das, was ihn eine Wolke höher hebt … nur weg von diesen steinigen Menschenebenen …
  HEIMAT war eines der Worte und wir haben schallend gelacht. Mensch, Buste, was soll denn das sein? Da, wo dein Alter dir die Nase gebrochen hat? Da, wo deine Mutter dich nicht mehr sehen wollte, wenn sie aus dem Büro kam. Oder da, wo die Türen eingeschlagen

waren, ich die Tische und Kommoden unter die Klinke geschoben habe, wenn der Alte wieder ausgeflippt ist, und ich mir die Hände auf die Brust drückte, weil ich seine ekelhaften Krallen überall hatte, wo se nicht hingehören … Mensch, Buste … haben wir gelacht … Buste hat auch gelacht und dann gesagt: Heimat ist für mich, mit euch beiden hier zu sitzen, und da waren wir ganz still, weil es peinlich war, was er da sagte, und dann war es auch still, weil das noch niemand zu uns gesagt hatte, und weil wir wussten, das war ziemlich ungeheuerlich, was er da sagte, und dass sich jetzt irgendwie was anders drehte an der Welt oder wenigstens an unserer Welt …

Gestern hat dann Freddie gesagt: Ich zeig euch was … und wir sind der breiten, behaarten Gestalt hinterhergetrottet und haben mit den Körpern gewippt, um lässiger zu sein oder zu wirken, weil wir irgendwie merkten, jetzt kommt wieder so was, so was, mit dem wir nicht zurechtkommen, was Neues, das grob und bedrohlich, weil eigentlich für so ein normales menschliches Wesen vertraut und halt einfach menschlich und deswegen für uns Jammergestalten (neben den Menschen) unbekannt … für uns steht das tierisch beängstigend hinter der nächsten Ecke, und wir laufen davor schreiend weg, weil nichts für uns schlimmer ist als der Zustand, wenn wir uns außer Gefahr glauben, denn dann … kommt's ganz dicke … und das kann dich umbringen … das kann dich echt umbringen …

Wippende Gestalten folgten Freddie, ich will nicht wissen, was de da wieder kaust, versuchte ich, und Buste grinste etwas schräg, aber wenig überzeugend …

Freddie ging den Weg von einer Schrebergartenanlage hinein und dann immer weiter … was der da durchmusste, weiß ich nicht … aber dann sind wir an den See gekommen, und da war hinter einem Busch der Stamm von einem Baum über dem Wasser und Freddie hat da kurz hingezeigt und wir haben da kurz hingeschaut und sind dann wieder gegangen, weil wir wussten, o. k., da ist nur Freddie sein zu Hause … und wir haben zusammen am Wasser gestanden, ein Stück weiter, und Freddie hat viel geredet über die Flugzeuge dort und über den Lärm und … und Buste hat versucht, ihm eine Hand auf den Rücken zu legen, da ist Freddie ganz steif geworden und ich versuchte: Mensch, Buste, bist du … (eine sentimentale Sau, wollte ich sagen), aber dann ließ ich es … weil es echt doof gewesen wär und auch weil meine Stimme einen komischen gebrochenen Klang bekam, und es war so schon alles schlimm genug …

Und ich hab dann auf den Turm gezeigt, das war eine ganze Weile später, und hab gesagt, dass es da oben gewesen sei, da hätte ich gesessen und runtergeschaut und na ja … ich schaute bedeutungsvoll und nickte und ihr wisst ja, und so … und dann hatten wir schon was intus, und ich sagte so in die Büsche und die Dämmerung: Die Straße von da oben und die Häuser …

Wahrscheinlich nennt man das auch Heimat, wenn man irgendwo is, und da kann man leben und … ist schon ein saudoofes Wort … es gibt viele Wörter, die mich von anderen trennen … allein schon, weil ich sie manchmal nicht verstehe und mir nichts darunter vorstellen kann. Wie Geborgenheit, was soll das sein …? Aber dann hab ich's mal verstanden, aber erst mal musst du ja eine Idee davon haben, dass es jemanden geben kann, bei dem musst du keine Angst haben, und dann … dann kannst du dir mal mit viel Mühe Geborgenheit vorstellen oder doch wenigstens irgendeine Idee davon haben … irgendwie fängt ja auch alles immer erst mit der Idee an …

Heimat ist so ein Wort, das ganz fremd ist … keine Ahnung, was da in Buste gefahren ist … Aber irgendwie haben wir für Momente beieinander gestanden und mit den Schultern gezuckt. Und fast hätte ich gesagt, weißte was, Freddie, ich will gar nicht wissen, was in deinem Mund alles Heimat hat …

Und irgendwie haben wir dann gewusst, dass wir uns trennen müssen und weitergehen und dass das bleibt, was Buste gesagt hat, mit der Heimat, und dass das ein Anfang war von vielen und ein Ende auch … und in meinem kleinen schimmligen Herzen, da hab ich jetzt so 'ne Lade und da steht ziemlich unleserlich drauf, was drin ist … nämlich Freddie und Buste und diese Stadt …

Michael Hetzner

Jedwabne

Verflucht kalt hier! Hätt gar nicht mehr herkommen sollen. Ist vielleicht auch das letzte Mal. Jedenfalls bläst dieser verdammte Ostwind wieder ganz schön.

Ostwind – das ist gut, das passt, der bläst mir heute schon zum zweiten Mal scharf ins Gesicht. Dass ich darauf reingefallen bin all die vielen Jahre, ich kann's kaum glauben. Du hast mir ja schöne Geschichten erzählt über die alte Heimat. Deshalb wollte ich das auch nicht auf unserer Familie sitzen lassen, was dieser Journalist geschrieben hat. Immerhin besitze ich die goldene Ehrenplakette der Stadt für mein Engagement zur Integration von Fremden und Aussiedlern. Aber den Prozess heute, den hab ich glatt verloren. Ist jetzt gerade mal zwei Stunden her. Die Richterin konnte gar nicht fassen, dass ich all die Jahre über so ahnungslos war. Die hatte beinahe Mitleid mit mir. Diese verfluchte Kälte. Den Ort in Ostpolen hast du in den letzten Jahren nicht mehr genannt. Ich dachte, du hättest ihn einfach vergessen, aber jetzt weiß ich es besser.

So viele Jahre hast du von dem Städtchen gesprochen. Wolltest sogar noch einmal hinfahren. Auf jeden Fall, hast du immer gesagt, gab es dort noch Zusammenhalt. Man brauchte keine Türe abzuschließen. Und wenn einer krank wurde, halfen alle zusammen. Auch auf mich hätten sie Rücksicht genommen. Weil ich wegen meines linken Beins nicht so gut laufen konnte. War von Geburt an steif. Wenn die Kinder spielten, saß ich meist daneben. Oft brachte mir dann jemand einen Apfel oder eine Birne.

Auch als Behinderte gehörte man irgendwie dazu, obwohl die Leute ja selbst nicht viel hatten. Arm und reich gab es damals natürlich auch. Ihr hättet es niemals gewagt, euch in der Kirche in eine der ersten Reihen zu setzen. Die waren für die Wohlhabenden und die Großbauern reserviert. Die Häusler mussten weiter hinten sitzen. Dahinter kamen die Tagelöhner.

Dass jemand nicht zur heiligen Messe erschien, war undenkbar – außer während der Ernte oder wenn eine Kuh kalbte. Nur die Kommunisten waren entschuldigt. Aber die gehörten ohnehin nicht dazu.

So wenig wie die Juden.

Später musstet ihr dann in die Stadt ziehen. Nicht nur, weil das Land, nachdem dein Bruder auf die Welt kam, die Familie fast nicht mehr ernährte, sondern auch, weil der Viehjud euere letzte Kuh aus dem Stall geführt hatte. Danach trank der Vater noch mehr als früher. Dein Bruder war schmächtig und ewig krank. Vater holte nur einmal den Doktor, als der Junge mit dem Husten gar nicht mehr aufhörte und Blut spuckte. Da kam Dr. Korngold. Den polnischen Arzt konntet ihr euch nicht leisten. Korngold brachte sein Töchterchen mit, die stolze Rahel, die immer so schöne Kleidchen trug. Du wolltest mit ihr spielen, aber sie blickte dich nicht einmal an. Zwei Tage später starb der Bruder. Doch du warst wegen etwas anderem in Trauer: Die kleine Rahel hatte deiner Puppe den Kopf abgerissen. Dafür, hast du einmal zu mir gesagt, hab ich sie später in die Scheune gesperrt. Das mit dem Umzug in die Stadt hat ja auch nicht gestimmt. Aber ich bin die ganzen Jahre über nicht drauf gekommen. Denn ihr seid erst 1948 weg, als es in dem Ort längst keine Juden mehr gab. Ich glaub, ich weiß, warum ihr weg seid. Die neuen Machthaber, die Kommunisten, begannen ein paar Fragen zu stellen.

Euere neue Heimat lag weiter im Westen. Dein Vater hatte dort einen Bruder, der ihm Arbeit besorgte. Dort interessierte sich keiner für euch. Dort war alles anders. All der Lärm und die vielen fremden Menschen. Und in dem Mietshaus roch es ständig nach Kohl und Nässe. Dazu die Hausmeisterin, ein keifendes Weib mit bösem Blick, die euch Kinder immer vertrieb, wenn ihr auf dem Hof Fangen oder Seilhüpfen spieltet.

Auch in der Kirche fandet ihr euch am Anfang nicht zurecht, ihr setztet euch wie gewohnt in die fünfte Reihe. Aber da wurdet ihr schnell von ein paar Damen in Mänteln mit Pelzbesatz vertrieben. In der fremden Stadt hast du oft geweint und dich an den Bibelvers von deiner Kommunion erinnert: Siehe, wie schön, wie lieblich es ist, wenn Brüder friedlich beisammen wohnen! Nur wenn der Pfarrer gegen die Juden, die Gottesmörder, wetterte, fühltest du dich verstanden. In Ostpolen hatte der Pfarrer, bevor 1939 die Russen kamen, gefordert, das heilige Vaterland müsse den Juden aus der Hand gerissen werden. Später dann, als die Deutschen da waren, sagte er: Die wissen, wie man's macht.

Darüber haben wir oft Krach bekommen. Vor allem, nachdem ich nicht mehr zur Kirche ging.

Verflucht kalt hier.

Später, als wir bereits in Deutschland lebten, in dem großen Miets-haus, wo wir nur die Pollacken waren, hast du mir oft von dem Städt-chen erzählt. Trotz deiner Rente hast du hier noch als Klofrau ge-arbeitet. Das Trinkgeld musstest du abliefern. Hast es aber oft nicht getan. Jeden Pfennig, den du so auf die Seite brachtest, hast du eisern gespart. Für deine letzte große Reise in die Heimat. Ich hab dich im-mer unterstützt, aber als Altenhilfspflegerin kann ich nun mal keine großen Sprünge machen. Du weißt, mein polnisches Examen wurde hier nicht anerkannt.

Und dann fing das mit meinem Herzen an. Ich musste mit einund-fünfzig in Rente. Aber ich beklag mich nicht. Nie mehr die Alten mit ihrer ewigen Klingelei. Führen Sie mich aufs Klo, bringen Sie mir den Nachttopf, warum dauert das denn so lange? Dachte damals, in einem katholischen Heim sei es besser. War aber ein Irrtum. Seit dieser Zeit geh ich nicht mehr in die Kirche. Dir war's ja nicht recht, dass ich dann bei Amnesty angefangen hab. Hab Briefe geschrieben und Petitionen. Später kam dann das mit den Aussiedlern und Asylanten dazu. Du hättest dein Leben einfach in aller Ruhe zu Ende leben kön-nen. Bis auf die Krankheit natürlich. Das Gute daran war, dass du im fortgeschrittenen Stadium ohnehin in deiner eigenen Welt lebtest.

Warum bist du nicht gefahren? Das Geld hattest du zusammen. Ich hab's nie verstanden. Und was war das für ein Journalist, der immer wieder bei uns zu Hause angerufen hat? Du hast wegen ihm sogar zweimal die Telefonnummer ändern lassen.

Plötzlich wolltest du nicht mehr fahren. Hast auch nicht mehr über damals geredet. Die Zeitungsartikel hab ich erst nach deinem Tod gefunden. Über Jedwabne, deinen Heimatort, und das mit den Juden. Das Buch selbst hab ich mir nie gekauft. Brauchte ich auch nicht, der Journalist hat heute seitenweise daraus zitiert. Ganz schrecklich, was da drinsteht. Dabei klingt der Titel des Buches eigentlich ganz harmlos: Nachbarn. Heut hab ich auch erfahren, dass du bei der ganzen Geschichte eigentlich nichts getan hast, damals. Hast doch nur den Riegel der Scheune geschlossen hinter der Rahel Korngold. Den Rest haben andere gemacht.

Heut weiß ich: Dieses Buch und die Zeitungsartikel haben deine alten Tage völlig ruiniert. Du wolltest nur noch ein letztes Mal nach Drüben fahren. Hast dich dann aber nicht mehr getraut. Wegen all der Journalisten. Wer weiß, was draus geworden wär. Durch das Buch hab ich endlich begriffen, warum du in den letzten Jahren manchmal diese Namen gemurmelt hast: Lewin und Zdrojewicz. Und warum du gesagt hast: Denen haben es Laudański, Wiśniewski und Kalinowski aber gezeigt. So ganz kann ich es immer noch nicht fassen. Du, die stille Frau, die ihr Leben lang hart gearbeitet hat und jeden Sonntag zur Messe ging. Und das mit dem Kopf versteh ich jetzt auch. Drei Tore hat der Czeslaw damit geschossen, hast du manchmal geflüstert. Es war der Kopf der schönen Gitele, der Tochter vom Cheder-Lehrer. Sie haben damit Fußball gespielt. Du hast an diesem 10. Juli 1941 vermutlich auch mitbekommen, wie der Szelawa einem Mann die Zunge abschnitt. Deshalb wolltest du später nie Rinderzunge essen. Hattest einen richtigen Ekel davor. Das mit der Zunge war, bevor die Scheune brannte. In dem Buch heißt es, die Polen hätten begriffen, dass man sie sonst nicht alle an einem Tag hätte ermorden können. Also trieben sie sie zur Scheune und zündeten diese dann an. Mit fünfzehnhundert Juden drin.

War für euch vermutlich wieder so ein Gefühl der Gemeinschaft und Zusammengehörigkeit. Wie bei der Messe. Nur drei Juden entkamen. Später hast du manchmal geflüstert: Holt euch den Neumark. Er konnte entkommen, nachdem die heiße Luft das Scheunentor aufgesprengt hatte. Zusammen mit seiner Schwester und ihrem fünfjährigen Töchterchen. Der Journalist hat gesagt, dass sich der Mann deutlich an seinen brennenden Vater erinnern konnte. Aber jetzt reicht's. Ich bin schon ganz durchgefroren. Jetzt zünd ich die Kerze an, dann geh ich nach Hause. Auch wenn erst übermorgen Totensonntag ist. Aber, wie gesagt, ich weiß nicht, ob ich noch einmal hierher komme. Ehrlich gesagt, ich versteh dich nicht. Die Juden sind doch auch Menschen wie wir. Eigentlich glaub ich ja nicht daran, aber sollte es so etwas wie einen Himmel geben, bin ich gespannt, wie es da droben aussieht. Vermutlich so wie bei uns im Mietshaus: Türken, Albaner, Deutsche, Farbige, alle bunt durcheinander. Nur mit mehr Spielplätzen für die Kinder.

Für dich, Mutter, wäre das die Hölle.

Sybil Volks

Strom, Wasser, Schlangen

Strom, Wasser, Gas«, sagt Papa laut. Da wissen wir, es sind wieder Leute da, die unser Haus kaufen wollen. Als Erstes dringen ihre schnarrenden Stimmen ins Zimmer. Eszter, Tibor und ich sitzen vor der Glotze und sehen den Cowboys beim Indianerschießen zu. Die Tür geht auf, und wir verpassen die Rede des Sheriffs, weil fremde Worte aus dem Flur kommen. Das ist Deutsch, das habe ich schon gehört. Wir haben seit ein paar Wochen Deutsche im Dorf.

Die Fremden kommen rein und schauen das Zimmer an, das unser Wohnzimmer ist, und wir schauen sie an. Zum Glück steht das dreckige Geschirr noch auf dem Tisch. Auf dem Boden liegen die Fetzen von der Wolldecke, die die Hundebabys zerrissen haben. Das wird den Deutschen nicht gefallen. »Heute etwas Unordnung«, murmelt Papa. Dann sagt er laut: »Sehr komfortabel, Haus – Strom, Wasser, Gas.«
Tibor vergisst sogar den Sheriff und kriegt den Mund nicht wieder zu. Eszter guckt erst erschrocken, dann lächelt sie dämlich. Als ob sie Eszter gleich mitkaufen wollten. Dabei beachten die uns gar nicht, sondern schauen bloß im Zimmer herum, als ob es da großartig was zu entdecken gäbe. Tibor äfft Eszters Lächeln nach, ihm läuft dabei die Spucke aus dem Mundwinkel. Tibor würde vielleicht auch gern mitgekauft werden, aber er weiß noch nicht, wie man dazu gucken muss. Ich interessiere mich jetzt sehr für den Sheriff und drehe den Ton lauter. Endlich gehen sie in die Küche. »Strom, Wasser, Gas«, wiederholt Pa wie in der Kirche. Er betet sonst nie, doch auf diese drei hat er so lange gewartet, an ihr Glück so sehr geglaubt, dass er meint, alle anderen müssten wie er vor Andacht in die Knie sinken. Aber ich gehe in die Schule und weiß, dass in der Stadt niemand wegen »Strom, Wasser, Gas« in die Knie geht. Und in Deutschland schon gar nicht.

Früher hatten wir einen Holzofen und einen Brunnen. Mama tat vom Wasserholen der Rücken weh und Papa vom Holzmachen. Jetzt tut ihnen nicht mehr so oft der Rücken weh, aber lustiger ist es deshalb nicht bei uns geworden. Wie ich es gesagt habe, interessieren sich die Deutschen nicht so sehr für »Strom, Wasser, Gas«. Sie finden unser Haus »eng und dunkel«. Mama findet das auch. Ich weiß nicht, ob es hier eng und dunkel ist. Bei den anderen Leuten im Dorf sieht es genauso aus, und deshalb wollen sie alle in die Stadt. Alle – bis auf die Alten und ein paar Kinder und ein paar Verrückte. Und mich.

Papa und Mama wollen eine kleine Wohnung in der Stadt, wenn unser Haus verkauft ist. So eine wie Andras-bácsi und Anna-néni sie haben. Wenn unser Haus eng ist, dann ist deren Wohnung eine Kiste. Eine Kiste zwischen anderen Kisten, wie die Container auf dem Schiff, das ich auf der Donau gesehen habe. Ich habe Pa gefragt, was wir mit den Hunden machen, ob wir die alle mitnehmen können. »Mal sehn«, hat er gesagt und die Gardinen gemustert.

Pa will in die Stadt, weil er glaubt, dass er da wieder Arbeit findet und ein Mann ist und nicht bloß abends in der Kneipe. Ma will in die Stadt, weil sie dann nicht mehr jeden Tag so weit zur Arbeit fahren und müde nach Hause kommen und den Abwasch machen und den heulenden Tibor ins Bett bringen muss, der jeden Tag flennt, weil die Mama nicht da ist. Tibor ist noch ein richtiges Baby, wirklich. Manchmal haut Pa den Tibor, wenn er flennt, weil er selbst nicht darüber heulen darf, dass Mama weg ist und er zu Hause sitzen muss. Und weil er sich bei mir und Eszter nicht mehr traut. Eszter will in die Stadt wegen der Discos und Kinos und weil hier nichts los ist. Eszter sagt, sie will nicht hier versauern, sie ist zu was Besserem geboren. Alle sagen, Eszter ist schön, aber ich kann das nicht finden. Vielleicht habe ich sie schon zu oft in der Nase popeln sehen.

Großvater will nicht in die Stadt. Er war einmal da und nie wieder, sagt er. Ich will auch nicht. Ich will nicht, weil ich nicht in so 'ne Kiste gehe, wo man nicht mal die Hunde mitnehmen kann. Und keine

Kürbisse ziehen kann aus Kernen, weil kein einziger großer Kürbis auf dem Balkon Platz hat, wenn man selber darauf steht.

Hier renne ich morgens vor der Schule auf den Hügel, und dann sehe ich, wie überall der Rauch aus den Schornsteinen zum Himmel weht. Erst kommt die Sonne, dick und gelb wie ein Kürbis, dann kommt der Rauch und zu allem krähen die Hähne. Jeder will lauter sein als die andern, und unser Roter gewinnt immer. Ich bin morgens der Erste auf dem Hügel und nehme einen von den Hunden mit. Ich habe ihnen beigebracht, das Maul zu halten, bis wir um die Straßenecke sind, damit niemand uns hört.

Wenn wir oben sind, bei Sonnenaufgang, ist das Gras noch nass. Manchmal ziehe ich mich aus und lege mich hinein. Dann schaue ich, wie der Rauch kommt, und alles, was ich sehe, gehört mir.

In der Stadt gibt es keinen Himmel. Es gibt keine Hähne, keinen Morgen, kein Gras. Niemals, das hab ich den Hunden versprochen, niemals werde ich mitgehn.

Jetzt werden die Deutschen von Pa durch den Hof geführt. Mitten auf dem Weg liegt meine Lieblingshündin und knurrt, damit sie ihren Jungen nicht zu nahe kommen. Der Frau zittern die Knie, als sie an der Hündin vorbeimuss. Ich weiß wirklich nicht, warum die nicht lieber in der Stadt bleiben. Pa ruft nach mir, damit ich die Hündin halte, doch ich hör nicht. Eszter springt auf und Tibor wackelt in seiner vollgepissten Windel hinterher. Ich bleibe sitzen und drehe den Fernseher noch lauter. Aber es ist mir jetzt egal, ob die Cowboys oder die Indianer gewinnen.

Ich schleiche hinter ihnen her, als sie durch das Gras trampeln und vor dem gemauerten Kellereingang stehen, der in die Erde führt. Und dann sehe ich, wie Papa sich bückt und mit bloßen Händen die Brennnesseln ausreißt, die vor dem Keller wachsen, bevor die Deutschen mit ihren Schuhen hineingehen.

Am liebsten würde ich Pa ganz in die Nesseln werfen. Am liebsten würde ich mich auf ihn werfen und ihn so lange schlagen, bis er … Ich bleibe stehen und stecke die Fäuste in die Taschen. Die Tränen laufen rückwärts die Kehle hinab und ich muss husten. Ich gebe meiner Lieblingshündin einen Tritt. Dann renne ich raus aus dem Hof und raus aus dem Dorf auf den Hügel.

Über den Dächern unseres Dorfes steigt Rauch auf. Die Sonne sieht aus wie ein Kürbis an Halloween mit hohlen Augen. Das Gras raschelt, und ich habe eine Idee. Ich suche ein paar Schlangen, die ich in unseren Hof setzen kann.

Werner H. Schönherr

Neun Quadratmeter

Das Gitter vor meinem Fenster zerteilt die Welt in zwölf gleichmäßige Rechtecke.

Die Welt, das ist der Himmel mit seinen täglich neuen Farben und Wolkenspielen – wenn ich auf meinem Stuhl sitze. Stelle ich mich hin, zeigt sie mir das Dach des Nebengebäudes und in der linken Gitterhälfte eine Wiese, auf der drei vom Wind verbogene Laubbäume stehen. Gelegentlich ist Leben in der Welt: sitzt eine Amsel auf dem Dach, treiben Möwen im Wind, streunt ein Hund durchs Gelände. Manchmal höre ich sie singen, kreischen oder bellen. Ich lausche und wittere: Wind, Regen, Donner, selten Stimmen, sowie manches, was ich nicht sehen und mir erklären kann.

Das ist die Welt.

Der Raum, in dem ich seit zehn Jahren lebe, neun Quadratmeter groß, hat alles, was ich brauche: ein Bett, einen Tisch, ein kleines Schränkchen für meine Habseligkeiten, ein Regal für meine Bücher und Schreibhefte, hinter einer Blechwand Waschbecken und Toilette. Ich will keine Bilder und keinen dekorativen Schnickschnack, mit dem sich viele der Jungs Wohnlichkeit vortäuschen. Aber ich besitze ein kleines Radio, bekomme mit, was in der anderen Wirklichkeit geschieht. Meistens höre ich Musik. Mehr will ich nicht, obwohl ich einen Fernseher haben dürfte. Spartanischer als meine Zelle können die der besitzlosen Klosterbrüder auch nicht sein.

So, wie es ist, ist es gut. Ich habe immer zu essen und ein Dach über dem Kopf. Ich muss nicht hungern und frieren. Die Mahlzeiten werden pünktlich gebracht. Die Kleidung wird gestellt, und wenn ich krank werde, hat der Doktor Zeit für mich. Beim täglichen Hofgang halte ich mich durch strammes Marschieren fit.

Und ich habe Arbeit. Ich zerlege Elektroschrott, alte Fernseher, Radios, Computer, manchmal auch Waschmaschinen und Trockenautomaten. Die guten Bauteile werden gereinigt und wiederverwertet. Es gibt einen kleinen Lohn und die Vergünstigung, öfter als normal duschen zu dürfen, denn es ist ein ziemlich schmutziger Job. Doch ich mag ihn.

Mehrfach hat der Direktor versucht, mir eine Aufgabe in der Bibliothek zu geben. Das entspräche doch eher meinen Fähigkeiten, meiner Ausbildung. Ich will das nicht. Ich bin zufrieden mit dem, was ich mache.

Dass ich hier bin, ist ein Irrtum. Ich wurde verurteilt für einen Mord, den ich nicht begangen habe. Aber der heimat- und bindungslose Stromer, der ich, aus meinem Leben geworfen, gewesen bin, kam den Richtern gerade recht. Außerdem: Vieles sprach tatsächlich gegen mich.

Ich hatte mich aufgelehnt, gewütet, mit Gott und der Welt gestritten und die Wärter mehr als einmal zu härteren, schmerzhaften Maßnahmen gezwungen. Meine Sehnsucht, mein körperliches Verlangen nach dem alten, freien Umherziehen, brachte mich fast um den Verstand. Hinzu kam, dass das harte Leben auf der Straße nichts war im Vergleich mit dem, was mich hier an brutaler Gewalt erwartete. Nur weil einige der ganz großen Jungs die Hand über mich hielten, konnte ich die ersten Jahre ohne größeren Schaden überstehen.

Viele meiner Genossen hier sind süchtig, abhängig von Alkohol oder Drogen. Sie haben gestohlen, geraubt, getötet, nur um ihre Sucht zu befriedigen. Und viele werden es, wenn ihre Zeit hier um ist, wieder tun. Plötzlich sind sie wieder da, allen guten Vorsätzen und Schwüren zum Trotz.

Es dauerte viele Monate, bis ich begriff, dass auch ich süchtig war, krank vor Verlangen nach meinem alten Leben, das mich ziellos von Ort zu Ort getrieben hatte, nachdem meine Wurzeln gekappt waren. Ein Leben von der Hand in den Mund, immer auf dem schmalen Grat zwischen Ehrlichkeit und kriminellem Tun, mal arbeiten, hin und wieder stehlen, um nicht zu verhungern. Und als ich begriffen hatte, dauerte es noch lange, schmerzhaft lange, bis die Sucht besiegt war.

Heute bin ich den Richtern für das Fehlurteil dankbar. Niemand, auch nicht der Direktor, begreift, warum ich keinen Antrag auf vorzeitige Entlassung wegen guter Führung stelle. Dabei ist es ganz einfach: Ich will hier nicht mehr weg. Ich bin hier zu Hause, daheim zwischen Mördern und Räubern.

Ich mag es, wenn das wechselnde Tageslicht immer neue Schattenbilder an die Wände meiner Zelle wirft. Manchmal, wenn ich nicht einschlafen kann, liege ich ganz still und horche auf die Stimmen des Hauses, das leichte Gurgeln in den Heizungsröhren, die schlurfenden Schritte des Wärters auf seiner Runde, die Flüche und manchmal das Toben der Neuen, die geheimen Klopfzeichen derer, die das System begriffen haben und zu nutzen wissen.

Und ich genieße, jawohl genieße, den Respekt und die Zuneigung meiner Jungs, der verlorenen Söhne, für die ich manchmal Beichtvater oder Helfer und manchmal beides zugleich bin.

Ich liebe die Geborgenheit, die mir meine neun Quadratmeter bieten. Hier kann ich tun, was ich ein Leben lang versäumt habe: lesen und mir Geschichten erzählen. Manchmal schreibe ich sie auf, lese sie nach Wochen erneut, ändere, ergänze. Nicht immer begreife ich, was mir meine Geschichten sagen wollen. Einmal habe ich versucht, mit meinem Zellennachbarn bei der Arbeit darüber zu sprechen. Doch der hat mich nur angeguckt, als sei ich nicht ganz bei Trost. Danach habe ich es gelassen. Hätte ich doch besser den Job in der Bücherei annehmen sollen?

Aber die kleine Spinne, die im letzten Herbst eine Zeit lang in einem der Fenstergitter wohnte, die hat jedes Mal zugehört, ganz still in ihrem Netz gehangen und zugehört. Sie spann ihren feinen Faden erst weiter, wenn ich mit meiner Erzählung fertig war. Und ich bildete mir ein, dass sie mich versteht.

Kürzlich war ein Schriftsteller hier zu Gast und hat uns Geschichten vorgelesen: ausgerechnet Knastgeschichten. In einer, die am meisten beklatscht wurde, ging es um den unbändigen Freiheitsdrang zweier Häftlinge und ihren erfolgreichen Ausbruch. Der Direktor hat danach die Lesung sofort abbrechen lassen, den Dichter hinauskomplimentiert, mich und meine johlenden Genossen zurück in die Zellen bringen lassen. Ich war ihm dankbar. Noch einmal nehme ich an dem sogenannten Kulturprogramm nicht teil. Bestimmt nicht!

Was mir die Jungs erzählen, deren Vertrauen ich habe, denen ich helfe, für die ich Schriftsätze verfasse und manchmal auch mit der Gefängnisleitung verhandle, das ist brutale Realität, die mir manchmal immer noch den Atem verschlägt. Und oft sind es die ganz harten, die obercoolen Typen, Berufskriminelle mit nach wie vor besten Verbindungen nach draußen, die mir ihre Verletzlichkeit, ihre Schwächen offenbaren. Für sie bin ich der Alte, der zuhört, manchmal einen Rat gibt, vor allem aber schweigt.

Es mag merkwürdig klingen, aber sie sind meine Familie, eine Familie aus lauter verlorenen Söhnen. Ich freue mich mit jedem von ihnen, wenn seine Zeit vorüber ist und er entlassen wird. Und ich bin da, wenn sie über kurz oder lang wieder zurückkehren. Schon allein deswegen will ich hier nicht weg. Noch einmal lasse ich mir meine Familie nicht nehmen.

Sie versuchen es ja immer wieder. Aber ich weiß mich zu wehren. Dem Psychiater, der auf Weisung des Direktors mit mir gesprochen hat, weil ich keine vorzeitige Entlassung wollte, hat es die Sprache verschlagen. Was ich denn tun würde, wenn ich eines Tages wieder in Freiheit wäre, hat er wissen wollen. Natürlich die Richter, die damals das Fehlurteil gesprochen hatten, ins Jenseits schicken, hatte ich in gut gespielter Rachlust geantwortet. Danach war von vorzeitiger Entlassung lange keine Rede mehr.

Aber eines Tages, das Datum steht ja fest, sind meine fünfzehn Jahre hier vorüber.

Dann werde ich diese neun Quadratmeter, mein Zuhause, den Knast, und die Jungs, meine Familie, verlassen müssen. Doch noch einmal wird niemand meine Wurzeln kappen. Viele, die jetzt draußen sind, werden mir helfen. Ich werde sehr schnell zurückkehren. Das ist sicher.

Angelika Friebe

Reise in ein ungel(i)ebtes Land

Ich wollte diese Reise nicht. Nicht mit ihr und schon gar nicht allein. Mein »Ja« war der Tribut einer Tochter an ihre Mutter, ein Akt des Erbarmens, angesichts ihres körperlichen Verfalls.

Sechshundert Kilometer liegen vor mir, nicht viel, und doch scheint das Ziel mir ferner als Paris oder Rom. Wroclaw! Schon der Name ist gräulich. Meine Zunge verheddert sich wie Füße in einem Springseil. Dabei habe ich mich bemüht. Ihr zuliebe. Sie hat mit mir geübt. Danke – dziekuje, bitte – prosze, Guten Tag – Dzien Dobry. Ich kam mir vor wie eine minderbegabte Schülerin. Sie kann es. Mit ihren achtzig Jahren ist sie besser als ich. »Du musst es wollen!«

Seit Jahren gab es endlose Diskussionen. Sie begreift nicht, dass er mir nichts bedeutet. Dass dieser Ort nicht mehr ist, als ein Eintrag in meinem Pass. Geburtsort: Breslau. Was heißt das? Ein Identifikationsmerkmal, nicht mehr. Mit zwei Jahren hat sie mich im Fellsack durch ein Zugfenster gereicht. Der letzte Zug. Hinaus! Bevor die Festung zu Trümmern zerbarst.

Ich habe mich gewehrt, diese Reise zu machen. Bis zu ihrem Geburtstag. Dem achtzigsten. Ihre Stimme klang seltsam verändert, leise, fast bettelnd. »Es ist meine letzte Chance! Bitte!« Selten hat sie um etwas gebeten. Und dieser Ausdruck in ihren Augen! Wie ein Aufschrei, voll Schmerz! »Ich wusste nicht, dass es dir so viel bedeutet.« Sie hatte gesiegt. Zum Dank ein Lächeln, klein, beinahe entrückt.

Wochen der Vorbereitung. Sie kramt wie besessen in Alben und Karten, immer wieder der Stadtplan, polnisch und deutsch. Die gichtigen Finger fahren die Routen ab, die Lippen wispern. Namen, die ich zum x-ten Male höre, nicht mehr hören kann. Dominsel und Jahrhunderthalle, der Ring und das Rathaus, die Schweidnitzer Straße, das Kaufhaus Petersdorff. Und das Wohnhaus. Die wenigen vergilbten Fotos als Zeugen einer verlorenen Heimat. Das alles bereitet mir Bauchweh. Wie die Mohnklöße zu Weihnachten, wenn der Magen vom fetten Karpfen ohnehin überfüllt ist. Doch auch da halte ich es selten durch, dieses rigide, zurückweisende »Nein«, nehme Rücksicht auf ihr ständiges Bemühen um die Beibehaltung heimischer Bräuche. Es verklärt sich so viel in der Erinnerung! Wie das Schwärmen von den kalten, schneereichen Wintern im Riesengebirge! Dabei sind ihre Hände blau gefroren, wenn sie im Winter nur fünf Minuten auf den Bus wartet!

Tage vor der Abreise steht ihr Koffer gepackt neben der Tür. »Warum schon jetzt?«

»Ich muss ihn sehen. Sonst glaube ich es nicht.«

Es ist töricht und rührend. Sie ist aufgeregt wie ein Kind. Hätte ich es ahnen müssen? Am Tag vor der Abreise bricht sie zusammen. Ihr Herz hält dem Druck nicht stand. Kein Infarkt, nur eine Schwäche. Der Arzt beruhigt mich. Trotzdem! Die Angst bleibt. Sie darf noch nicht gehen!

»Du musst allein fahren.« Ich glaube, schlecht zu hören. Sie wiederholt es, drängend. Der Arzt hat Aufregung verboten. Ich muss es versprechen. Es kommt mir vor wie ein Gelübde. Unmöglich, es zu brechen.

Der Grenzübergang in Forst. Die Zöllner wirken gelangweilt, schauen flüchtig in Gesicht und Papiere. Lässig winken sie mich durch. Was hatte ich erwartet? Feindseligkeit? Ich bin nervös. Ab jetzt nur noch Schilder und Tafeln, deren Worte und Sinn ich nicht begreife. Menschen, nicht anders als jenseits der Grenze, lachend oder weinend, und doch unerreichbar, weil ich sie nicht verstehe. Dann muss *ich* lachen. Auf einem Schild entdecke ich das Wort »Zement«, auf einem anderen »Suppe 4,50 Sloty«. Gleich fühle ich mich besser. Ein Auto mit deutschem Kennzeichen überholt mich. Vor Freude blinke ich ihm hinterher. Ein kindisches Zeichen von Verbrüderung. Dabei ist der Fahrer mir fremd wie die vierzig Millionen Menschen in diesem Land.

Ich fahre durch Orte, deren Ärmlichkeit mich erschreckt. Schiefe, kleine Hütten mit Wellblech gedeckt, Buden mit vergitterten Fenstern. Ab und zu eine einzelne Kuh, die angepflockt am Straßenrand grast. Halbfertig gemauerte Häuser, Ruinen, deren dunkle Fensterhöhlen Trostlosigkeit verbreiten. Und Gartenzwerge! In allen Größen und Farben grinsen sie mich dümmlich an. Ist das ihr Gelobtes Land? Was würde sie sagen, säße sie neben mir? Ich beginne mit ihr zu reden, schwatze drauflos, kann meine Eindrücke teilen, ohne Widerrede oder Vorwurf. Die holprige Autobahn wird zur Strapaze für Stoßdämpfer und Rücken. Die Abfahrt Boleslawiec (Bunzlau). Ich ahne ihr Verlangen. An unzähligen Ständen türmen sich Berge von Geschirr, blau-weiß gepunktete Erinnerung, gehütet und kostbar, wie für Liebhaber Püppchen aus Meißener Porzellan. Gut, Mama, auf der Rückfahrt!

Am frühen Nachmittag passiere ich die Stadtgrenze. Rasante Fahrer preschen an mir vorbei, hupen ungeduldig. Dennoch, ich erreiche den Ring ohne Schramme. Der Himmel ist aufgerissen, gutes Wetter zum Fotografieren. Ich vertraue meinem Schutzengel, parke das Auto in einer Seitenstraße und gehe los. Da ist es, das prächtige Rathaus! Bürgerhäuser mit schönen Fassaden. Keine Würstchenbuden wie in Mamas Jugend, dafür Straßencafés, gut besucht. Die Sonne lockt, und auch ich verspüre Durst. Ein Kellner eilt beflissen herbei, redet auf mich ein, ich zucke hilflos mit den Schultern. An einer Markise ein Werbeplakat. Piwa. Richtig, Bier! Ich deute darauf. Der Kellner grinst und verschwindet. Er bringt den wohl größten Humpen, den er zu bieten hat. Ich lache, habe Verständnis für seinen Geschäftssinn. Das Bier schmeckt überraschend gut. Für einen Moment vergesse ich meinen Vorbehalt, entspanne mich, bin erstaunt, wie wenig nötig ist, um ein Wohlgefühl in mir zu erzeugen. Beim Kassieren ein verblüfftes Gesicht. Das Trinkgeld war zu reich bemessen. Ich nicke ihm aufmunternd zu. Es ist gut – prosze!

Lange durchstreife ich die Stadt, halte mich streng an Mamas Plan, suche nach Stätten ihrer Kindheit und Jugend. Versuche, meinen wenig beeindruckten Blick zu schärfen, um Dinge zu sehen, die für sie wichtig sind. Ich fotografiere und mache Notizen, denn das Gedächtnis wird die Flut der Eindrücke nicht speichern können. Sie soll zufrieden mit mir sein! Es dämmert schon, als ich müde und hungrig zum Hotel fahre. Sie hat es ausgesucht, gleich neben der Maria-Magdalenen-Kirche. Ich habe das Hochzeitsfoto bei mir, hier wurde sie getraut. An der Rezeption versteht man mich, ich bin erleichtert. Am Zimmer gibt es nichts auszusetzen. Der Blick aus dem Fenster stößt sich am mächtigen Kirchenschiff, und jäh überkommt mich der Wunsch nach der Kühle und Stille dieses Ortes. Ich setze mich in eine der hinteren Bänke, und dann kann ich die Tränen nicht zurückdrängen. Meine Augen gehen mit ihr den langen Weg zum Altar, dort hat sie mit Papa gekniet, voll Hoffnung auf ein langes, gemeinsames Leben. Er hat seines geopfert, sinnlos, für sein Vaterland, dessen Niedergang unabwendbar war. Ist gestorben in einem Land, mit dem ihn nicht mehr verband als der drängende Wunsch, es lebend zu verlassen. Ich weine für beide, weine über mich. Auf einmal verstehe ich ihren Wunsch, diese nie begrabene Sehnsucht, noch einmal heimzukehren, ihm hier an diesem Ort, in dieser Stadt mit all den Erinnerungen, nahe zu sein. Ich schäme mich für meinen Widerstand, für das fehlende Verständnis, für meinen Egoismus.

Vom Hotel aus versuche ich sie anzurufen. Eine Schwester sagt mir, dass sie schlafe. Ich würge an meiner Erschütterung. Worauf hatte ich gehofft? Auf ein Wort der Vergebung? Im Bett muss ich lange warten, bis der Schlaf den Wirbel in meinem Kopf besiegt.

Das Frühstücksbuffet ist reichlich, entschädigt für das entgangene Abendessen. Ich schlürfe den heißen Kaffee und plane den Tag. Zuerst das Wohnhaus. Was werde ich vorfinden? Ich parke das Auto am Anfang der Straße, gehe den Rest zu Fuß, will mir Zeit nehmen. Ein ruhiges Viertel. Kleine, schlichte Häuschen, scheinbar unversehrt, als sei es ihnen gelungen, versteckt im üppigen Grün der Gärten dem wochenlangen Beschuss zu entgehen. Nr. 15. Das muss es sein. Ich schaue auf das mitgebrachte Foto. Nichts ist verändert. Nur die Bäume im Garten. Sie sind riesig geworden. Ich spüre in mich hinein. Kein Empfinden, keine Rührung. Ich nehme wahr mit dem distanzierten Interesse eines Lokalreporters. Im Erdgeschoss wird eine

Gardine zur Seite geschoben. Ein dickes rundes Frauengesicht lugt durch den Spalt. Ist es Neugier? Misstrauen? Oder die immer noch währende Furcht vor erneuter Vertreibung? Es ist mir peinlich. Trotzdem spähe ich durch den Sucher nach dem besten Motiv. Das Gesicht verschwindet. Langsam gehe ich am Gartenzaun entlang. Dann entdecke ich es. Ein kleines Pflänzchen wilder Erdbeeren drängt sich durch die Maschen des Zauns. Mamas Erdbeeren! Keine Beere kam je dem Aroma gleich! Ich zögere. Es muss sein! Alles Lebende lässt sich verpflanzen! Ich hocke mich hin, grabe mit den Fingern in der Erde. Schmerz bohrt unter den Nägeln, doch ich lasse nicht nach. Widerstrebend gibt der Boden die Wurzel frei. Wie suchend bewegen sich die feinen weißen Härchen im Wind. Schützend lege ich meine Hände um das ungeborgene Geflecht. Ich verspreche ihm neue Erde. In ihr wird das Pflänzchen überleben, neue Wurzeln werden sich bilden, es wird blühen und Früchte bekommen. Nur das Aroma, wird es das gleiche sein?

Dorothea Beckmann

Trelleborns Dialog

Am Abend warf er noch einen müden Blick auf das Kistenchaos in seinem zukünftigen Wohnzimmer und fiel dann, von den Strapazen des Umzugs entkräftet, in das provisorisch platzierte Bett. Am Morgen entschied Trelleborn sich nach einem starken Instantkaffee, zuerst die Montage der Spüle in Angriff zu nehmen. Da hörte er ihn zum ersten Mal. Anfangs hielt er das metallische Klopfen in der Wand nur für einen Widerhall seiner eigenen, nicht gerade geräuscharmen Arbeit. Doch als das wiederholte dreimalige Hämmern auch dann nicht verstummte, als er die Rohrschellen anzog, stattdessen aber eindringlicher zu werden schien, nachdem ihm die Armatur scheppernd ins Spülbecken gerutscht war, beschlich Trelleborn der Gedanke, dass hier vermutlich ein Nachbar akustisch darauf hinweisen wollte, wie wenig ihm der mit den Einzugsarbeiten verbundene Lärm am Sonntagmorgen konvenierte. Trelleborn beschloss, zunächst mit der Einrichtung des Wohnzimmers fortzufahren und den neuen Nachbarn bei Gelegenheit um Entschuldigung für die lautstarke Störung zu bitten. Als ihm das Winkeleisen für die Wandverankerung des Bücherregals in die Hände fiel, prüfte er zuerst die Neigung der Holzdielen und entschied dann, dass die Standfestigkeit des Regals in der neuen Wohnung auch ohne Dübel gegeben sein würde. Einige Tage später – der Vorfall schien bereits vergessen – durchschritt Trelleborn die Räume seiner neuen Wohnung und nahm Maß für einige Teppiche, nach denen er sich in der Stadt umsehen wollte. Bereits ausgerüstet mit passendem Schuhwerk für das ungemütliche Herbstwetter begab er sich ins Schlafzimmer, dann auf den Flur, von dort ins Wohnzimmer, zog und schob dabei den Zollstock über die Holzdielen und murmelte konzentriert Zahlen vor sich hin. Plötzlich vernahm er aus der Wohnung unter sich feste Schritte, die aus dem Flur ins Wohnzimmer zu führen schienen. Trelleborn beachtete die

Schritte nicht weiter und ging noch einmal hinüber ins Schlafzimmer, wo er sich vermessen zu haben glaubte. Dort angekommen ließen sich aus der Nachbarwohnung erneut deutliche Schritte vernehmen, die nun vom Flur ins Schlafzimmer kamen. Trelleborn richtete sich auf und lauschte: keine weiteren Schritte von unten. Langsam und mit Bedacht machte er sich auf den Weg in die Küche. Und ohne Zweifel, die Schritte aus der unteren Wohnung folgten ihm. Trelleborn lief ins Bad – der Nachbar folgte. Trelleborn schlich auf Zehenspitzen ins Wohnzimmer – die Schritte des Nachbarn rumpelten mit ungeminderter Lautstärke hinterher. Trelleborn beschloss, auf dem Weg in die Stadt kurz beim Nachbarn vorbeizuschauen. Es war an der Zeit, einander bekannt zu machen. Vor der Wohnungstür im zweiten Stock angekommen vernahm er von drinnen laute Musik. Er schellte, aber die Musik schien das Klingeln zu übertönen. Der Nachbar ließ sich nicht blicken. An den Briefkästen und Klingelschildern im Hauseingang suchte Trelleborn vergebens nach einem Namen, der ihm einen Hinweis auf die Identität des Nachbarn hätte geben können. Die paar von der Sonne noch nicht gänzlich ausgeblichenen Buchstaben auf dem zerknitterten Stückchen Papier an der Klingelleiste lasen sich »...ll...cht«.

Trelleborn dachte an Wallrecht, den Hausmeister seiner alten Grundschule, der die Unordnung vom Vortag häufig mit einem »Nicht so!« an der Tafel beklagt und den mit Kaugummi und Papierfliegern bedeckten Fußboden ungereinigt hinterlassen hatte.

Am Wochenende bekam Trelleborn Besuch. Seine Schwester wollte auf der Fahrt nach Kiel einen Zwischenstopp einlegen und die neue Wohnung ihres Bruders begutachten. Wenn Sabine zum Kaffee kam, gab es immer selbstgebackenen Käsekuchen, zur Hälfte mit, zur Hälfte ohne Rosinen – und immer waren sie sich nicht einig darüber, wer von ihnen beiden früher die Rosinen aus jedem Kuchen gepult und dem Meerschweinchen zu fressen gegeben hatte. Schon am Vormittag wurde das ganze Treppenhaus von einem intensiven, leicht zitronigen Käsekuchenduft erfüllt, der sich bis in die Abendstunden dort hielt und den Trelleborn selig inhalierte, als er Sabine zum Bahnhof gebracht hatte und von einem anschließenden kurzen Spaziergang nun wieder nach Hause kam. Am nächsten Morgen hatte Wallrecht kundgetan, was von zu viel Käsekuchen zu halten war, und er hatte es auf die ihm eigene subtile Art getan. Trelleborn fand eine Informationsschrift der Ortskrankenkasse in seinem Briefkasten: »Diabetes Typ II – meist selbst verschuldet!« Er spürte, wie ihm die Scham eine leichte Röte ins Gesicht trieb und beeilte sich, rasch das Haus zu verlassen und das mahnende Faltblatt im nächsten öffentlichen Papierkorb zu entsorgen. Wallrecht sparte auch in den kommenden Tagen nicht an Kommentaren bezüglich Trelleborns Lebensführung. Kaum legte Trelleborn einen argentinischen Tango auf, konterte Wallrecht mit »American Polka«, und vorbei war es mit der südamerikanischen Schwermut, in der Trelleborn bei einem guten Cabernet Sauvignon so gerne schwelgte. Zauberte Trelleborn ein raffiniertes Madras-Curry mit Cumin, Kurkuma und schwarzer Senfsaat, parierte Wallrecht mit Minz-Erdnuss-Soße, deren beißende Aromen durch das geöffnete Fenster in die Küche drangen. Und wenn Trelleborn einen Schwung mutmaßlich getrockneter schwarzer H&M-T-Shirts vom Speicher holte, baumelten in der für den zweiten Stock markierten Trockenzone lauter helle und tadellos in Form gezogene Daniel-Hechter-Hemden an altmodisch geschwungenen Holzbügeln. Trelleborn war an sich kein unsicherer Mensch, kein verzagter Opportunist, den jedes laue Gegenlüftchen zum Einknicken gebracht hätte, aber in letzter Zeit ertappte er sich immer häufiger dabei, wie er den Radiosender wechselte, wenn unten die Wohnungstür aufgeschlossen wurde, und wie er begann, die struppigen, namenlosen Grünpflanzen, die seit Jahren die Fensterbänke seiner Wohnungen überwucherten, durch einheimische Blütengewächse zu ersetzen, die, von der Straße aus weithin sichtbar, mit der Bepflanzung der darunterliegenden Fenster farblich korrespondierten. Trelleborn hatte mehrfach vergeblich versucht, dem Nachbarn persönlich zu begegnen. Wenn er Wallrechts Wohnungstür ins Schloss hatte fallen hören, war er einige Male entschlossen ins Treppenhaus gestürmt. Aber sein vorsichtiges »Hallo?« war nie erwidert worden. Einmal hatten sich Wallrechts Schritte von unten dem dritten Stock genähert. Zugleich erschrocken und erwartungsvoll war Trelleborn zur Tür gelaufen, hatte die Nasenwurzel an den Spion gepresst und das weitwinklig verzerrte Treppenhaus regungslos observiert. Mit asthmatischem Schnaufen hatte sich die überdimensionale Verpackung eines Hometrainers seinem neugierigen Auge genähert und war, ehe sie den Blick auf ihren Träger hätte freigeben können, im toten Winkel Richtung Dachboden verschwunden.

Den Winter über hatte Trelleborn mit den Zeichen des Nachbarn gehadert. Warum missachtete Wallrecht seine politische Haltung (und schob, wenn er die Zeitungen morgens auf dem Treppenabsatz deponierte, Trelleborns taz immer unter den Rheinischen Merkur für Frau Hinsch)? Was störte ihn an Trelleborns Massageduschstrahl (dessen wohltuenden Druck Wallrecht durch seinen eigenen Wasserkonsum stets empfindlich drosselte)? Als der Frühling kam, hatte Trelleborn gelernt, die Fragen des Nachbarn zu beantworten und seine Antworten zu deuten. Er hatte das Saxophon verkauft, den Trittschall gedämpft und einen VHS-Kurs »Angloamerikanische Küche« belegt, war mit einer neuen Fußmatte, veränderten Fernsehgewohnheiten und kneippschen Wechselbädern auf Wallrechts Wünsche eingegangen und hatte, alles in allem, in der nicht mehr ganz so neuen Wohnung seinen Frieden gefunden. Sicher, manchmal hatte Wallrecht ihm viel abverlangt. Rudi zum Beispiel, dem Trelleborn in wochenlanger geduldiger Arbeit die »Internationale« beigebracht hatte, fristete sein eingeengtes Leben nun im Tierheim. Aber nach und nach hatte Trelleborn auch den stummen Morgengruß der Guppys zu schätzen gelernt, die seit kurzem Rudis Platz auf dem Küchenschrank eingenommen hatten.

Und nun, an diesem ersten Frühsommerabend, war alles ruhig. Trelleborn lehnte sich im Sessel zurück, atmete zufrieden aus und lauschte in die abendliche Stille, in der die Wohnungen miteinander zu verschmelzen schienen. Er meinte Wallrecht unter sich zu spüren, wie er ebenfalls in die nachbarliche Harmonie horchte und befriedigt einen rauchigen Bourbon genoss. Da durchschnitt ein schrilles Klingeln Trelleborns Versenkung. Verwundert richtete er sich auf, ging zur Tür und öffnete. Der breitschultrige, hemdsärmelige Hüne streckte Trelleborn seine fleischige Hand entgegen: »Lennert!«, dröhnte er mit fester, freundlicher Stimme. »Ich bin quasi Ihr neuer Untermieter. Hab die Wohnung von Vollbracht übernommen. Also dann: Auf gute Nachbarschaft!« Trelleborn stand, als der andere gegangen war, noch einen Moment bewegungslos da. Dann trat er hinüber ins Wohnzimmer, öffnete das Fenster und zündete sich eine Zigarette an. Er fragte sich, ob er nach all den Jahren noch einen guten Papierflieger hinbekommen würde.

Anja Manz

Besenrein

Das Geräusch der zuschlagenden Lieferwagentür hallte in der Straße. Viertel nach zehn. Immer noch eine volle Stunde. Sie wollte los. Fünf Stunden Fahrtzeit lagen vor ihr. Ein kalter Wind blies um die Ecke, sie zog den Mantel enger, stellte den Kragen auf. Nein, sie würde nicht zurück ins Haus gehen. Da drin war alles getan, die letzte Fuhre Kleinkram raus, alles besenrein, tipptopp, der Makler musste nur noch kommen. Der Container vor dem Haus würde morgen abgeholt werden: Was für einen Schrott sie rausgeholt hatten, die Küchenmaschine von 1958, verschimmelte Pappen, ihre vierunddreißig Jahre alten Kinderskier … Hoffentlich hatte Sebastian gestern auch noch Mutters neues Bücherregal im Heim aufgebaut, bevor er zu seiner Party losgezogen war. Mutter hatte jetzt wohl schon die erste Nacht in dem Altenappartement hinter sich, saß sicher, wie verabredet, an diesem ersten Morgen in der neuen Heimat bei ihnen am Kaffeetisch, umsorgt von Rolf. In solchen Dingen war er gut. Sie zog ein zerdrücktes, fast volles Zigarettenpäckchen aus der Manteltasche. Unwillkürlich ging ihr Blick zum Wohnzimmerfenster. Sie musste lächeln. Für Mutter war das früher das Schlimmste: wenn ihre Mädchen rauchten »auf offener Straße«. Sie zündete sich eine Zigarette an, inhalierte tief. Sie schaute sich um – die Straße war einfach nur tot: Bei Mohrs war alles dicht, Vorhänge zu. Der alte Herr konnte sich kaum noch rühren. Herbers daneben bewohnten wegen der Heizkosten nur die kleine Wohnung nach hinten raus, die mal für Karin, die Tochter, gedacht war. Die war auch nie zurückgekommen nach dem Studium. Nur drüben bei Heisigs war der Sohn nach dem Schlaganfall des Vaters tatsächlich eingezogen, hieß es. Wie hieß er noch? Volker … oder Thorsten? Er wohnte da sogar mit Tochter und Frau, Vietnamesin angeblich. Dann Jans Haus. Das einzige alte und kleine Haus in der Straße. Es blieb für sie Jans Haus, noch nach so vielen Jahren. Stand immer noch leer. Jedes Mal, wenn sie ihre Eltern besucht hatte, hatte sie im Vorbeifahren geguckt, ob sich nicht doch etwas rührte hinter dem Lappen von Vorhang, der noch im Küchenfenster hing. Als könnten sie plötzlich alle wieder zurück sein, Jan – immer noch neunzehnjährig – der Vater und die Mutter, als wären sie die letzten fünfundzwanzig Jahre nur irgendwo eingefroren gewesen. Einfach fortgezogen waren sie während ihres Aupairjahrs in Amerika, und keiner in der Straße hatte mitbekommen, warum und wohin. Warum jetzt wieder Jan? Sie war es schließlich, die damals Schluss gemacht hatte vor ihrem Abflug, ihn gebeten hatte, sie nicht mehr anzurufen. Schnee von vorgestern. Und die ersten Jahre während ihres Studiums hatte sie schließlich auch kaum an ihn gedacht. Komisch war es schon, dass sie im Internet nicht die kleinste Spur von ihm finden konnte. Energisch nahm sie noch einen Zug. Gut, dass Mutter endlich zugestimmt hatte. Es war kein Zustand mehr hier nach Vaters Tod. Der Riesenkasten, die Kosten fraßen einen auf, und dann die großen Fensterflächen – ein Energiegrab, diese Architektenhäuser aus den Siebzigern, und kaum sauber zu halten. Sie hatte es nie gemocht. Wirklich überflüssig, sentimental zu werden. Überhaupt: Sonntagmorgen im Oktober … diese Stille. Immer war es so still gewesen sonntags. Jetzt standen nicht mal mehr Autos in der Straße. Aber um die Uhrzeit hatten sie ja sowieso immer alle in der Kirche gesessen. Fast die ganze Straße war hingegangen, hatte gegen halb zehn der Forderung der Glocken gehorcht; brav hatten sie sich durch die Stadt geschoben, immer in Familiengruppen, gut zehn Meter Abstand haltend. Nur Jans Familie war nicht dabei: Freikirchler, die einzigen im Ort. Von allen aus der Straße hat Mutter immer erzählt, jeden Samstag am Telefon: Krankheiten, Scheidungen, Wegzüge …, ob sie es nun hören wollte oder nicht. Nur von Jans Haus hatte sie nichts mehr zu erzählen, seit der »neue« Besitzer vor zehn Jahren mit seiner Textilfirma Pleite gegangen war, sich die Träume vom Abriss zerschlagen hatten. Egal – was tat sie hier? Sie warf die zerknickte Zigarette auf die Straße, kletterte auf den Fahrersitz. Von ferne hörte sie jetzt die Glocken: halb elf. Der

Gottesdienst war vorüber. Komisch, dass sie immer noch ein weiches, erwartungsvolles Gefühl überkam, wenn irgendwo Glocken läuteten. Sie steckte den Schlüssel ins Schloss. Vielleicht kriegte man ja inzwischen am Klosterplatz, wo sich laut ihrer Mutter neuerdings Touristen hin verirrten, einen schnellen Cappuccino. Schon den Fuß auf dem Kupplungspedal beugte sie sich noch mal vor: wie groß die Kiefern geworden waren. Der Efeu, gegen den ihr Vater und die anderen Männer in der Straße so viele Jahre vergeblich gekämpft hatten, hatte gesiegt. Nicht nur die Stämme, fast alle Vorgärten waren von einem dicken Efeuteppich überzogen. Der würde bleiben – und die Misteln, riesige Mistelbüsche in den Kronen, wie sie sie sonst nur auf den VW-Bus-Fahrten mit Jan nach Paris gesehen hatte. Sie hatte sich Jan immer in Paris vorgestellt. Wenn Ulrich Wickert früher als Frankreichkorrespondent in den Tagesthemen mit zerzausten Haaren von Politikergipfeln, Krawallen oder Festen berichtete, hatte sie im Bildhintergrund nach ihm Ausschau gehalten, nach dem schlaksigen Neunzehnjährigen mit der John Lennon-Brille, der er längst nicht mehr sein konnte. Er wollte nach Paris und dort als Künstler leben. Beuys war sein großes Idol. Immerzu redete er von der Idee der Sozialen Plastik, von unsichtbaren Skulpturen oder kreativer Innerlichkeit. Er stand an dem Tapetentisch in dem schimmelig riechenden Keller, den er Atelier nannte, bastelte seine Kunstwerke zusammen und träumte von Paris, sie saß auf dem durchgesessenen Cordsofa und spielte mit den Haushaltsgummis, die er Schnippgummis nannte. Immer neue »Begegnungen« zwischen ihnen schuf er: grüne gegen rote Gummibänder, die sich zur Mitte des Bildes hin ineinander verdrehten und zu einem kriegerischen Knäuel verhedderten, Installationen von an Nägeln hängenden blauen Gummibändern, die scheinbar dem Kommando eines dicken Einweckgummis unterstanden. Ihr hatte er das Bild von zwei vollendet runden Gummis geschenkt, die einander überlappten, eine ellipsenförmige Schnittmenge bildeten. Gemeinsam überhörten sie die polternden Schritte und unwirschen Anweisungen des Vaters oben, dieses mürrischen schwerblütigen Mannes, der in ihrer Schule Hausmeister war, ein von allen gefürchteter.

Sie stieg wieder aus. Sie zündete sich mit nervöser Hand noch eine Zigarette an. Bis heute hatte sie sich nie wieder hingetraut, aber es war eigentlich egal, wenn sie jemand sah. Nichts war zu hören außer dem leisen Klirren der Schnallen an ihren neuen Stiefeln und dem Gurren der Tauben. Immer hatte man hier das Gurren gehört, in ihrem Kinderzimmer war sie damit aufgewacht, mit dem Gurren und dem Blick in die Mistelbüsche; und später in Jans Armen in seinem Keller begleiteten die Tauben noch ihre tabakkrümeligen ersten Küsse. Die Gartenpforte zu seinem Haus schwang geräuschlos auf. Sie bewegte sie noch einmal wie zur Probe in den Angeln – wie früher, wenn sie spät abends zu ihm geschlichen war, nachdem das Licht im Elternschlafzimmer endlich erloschen war.

Ihre Schritte federten auf dem weichen Efeu. Das Häuschen lag abweisend und zurückgesetzt, das Küchenfenster wirkte noch wie früher, wie der Ausguck einer kleinen, aber uneinnehmbaren Festung. Die Haustür an der Seite – so vertraut: braun gestrichenes Holz mit einem Metallknauf. Sie berührte ihn vorsichtig. Da war ja auch der kleine weiße Klingelknopf in der Mauer. Immer hatte sie so ein enges Gefühl gehabt, wenn sie ihren Finger darauf legte, danach auf die polternden Schritte des Vaters wartete. Dabei sagte er meist nur ein Wort: »… unten!«, und so schnell sie konnte, hatte sie die Schuhe abgestreift und war die Kellertreppe hinuntergehuscht. Sie trat die Zigarette mit dem Absatz auf der Schwelle aus, ging um die Hausecke herum. Dort war es, das halb zugewachsene Gitter, unter dem sich das winzige Kellerfenster befand. Das Handy klingelte. Erschrocken wühlte sie in den Manteltaschen. Erst nach dreimaligem Klingeln hatte sie das Ding in der Innentasche gefunden. »Rolf« stand auf dem Display. Ja? Sie räusperte sich. Alles in Ordnung. Warum? Die Nacht in der Bahnhofspension erträglich, alles erledigt, sie wartete auf den Makler. Sie rechnete, um zwölf auf der Autobahn zu sein. Und wie ging es Mutter? Ihr Fuß fuhr immer wieder über das rostige Metall. Sie nickte: sehr gut. Ihre Blicke gingen in den verwilderten Garten, den Jans Eltern schon damals nie genutzt hatten. Irgendwann war hier mal ein Hund gewesen, ein böser, roter, der immer an der Pforte gebellt hatte, wenn sie als Kind mit dem Roller … Was? Ich dich auch. Sie steckte das kleine Silberding weg. Hier gab es nichts mehr zu sehen. Die ehemals grauen, jetzt grünlichen Rollläden an den Fenstern waren Jahrzehnte nicht bewegt worden. Sie musste zurück. Sie schloss die Pforte, ohne zurückzublicken. Dort vorne glänzte schon der silberne BMW hinter dem Lieferwagen, ein junger Mann im Anzug winkte. Sie knöpfte den Mantel zu. Elf Uhr fünfzehn – auf die Minute genau. Sie ging ihm entgegen – eine kompetente Frau, berufstätig, verheiratet, erwachsen. Kurzmachen wollte sie es, weiter nichts, und loskommen. Sie unterschrieb im Hausflur vor den Betonwänden. Vorn übergebeugt blätterte sie in den Papieren, den Ellenbogen auf dem hässlichen Marmorbrett über der Heizung. Nein, ihretwegen war es nicht nötig, noch mal hineinzugehen. Händeschütteln, Erleichterung und ein unverbindliches Winken. Endlich. Sie ging zum Lieferwagen, entriegelte im Gehen die Türen. Im Augenwinkel sah sie etwas an ihrem Fuß. Die Hand schon am Türgriff bückte sie sich. Etwas Rotes. Lächelnd nahm sie es mit zwei Fingern, hob es behutsam von der silbernen Stiefelschnalle, richtete sich auf. Orangerot, rund, schon ein bisschen porös, und wenn man genau hinschaute, hatte es vier Kanten. Ganz vorsichtig spreizte sie es mit den Fingern der rechten Hand und streifte es über ihr linkes Handgelenk, das Schnippgummi.

Christoph Aistleitner

Der Wilde

Im Laufe einer eiskalten Nacht war der Wilde ins Dorf gekommen. Er schlüpfte durch die unversperrte Kirchentüre und legte sich unter einem der großen Christbäume schlafen. Am Morgen verjagte ihn der Pfarrer, da er ihn fälschlicherweise für einen Ausländer hielt. Daraufhin streifte der Wilde gemütlich durchs Dorf.

Der Wilde bot einen seltsamen Anblick. Er trug hüftlanges, verfilztes Haar und war in eine verdreckte Tierhaut gehüllt. Seine Füße steckten in einem Knäuel aus Stofffetzen, Blättern und Erde. In der einen Hand hielt er einen langen Stock, in der anderen ein altes Plastiksackerl. Bart hatte er keinen; er war offensichtlich noch keine achtzehn Jahre alt.

Zuerst kam der Wilde am Kirchenwirt vorüber. Dort herrschte noch kein Betrieb; es war erst sechs Uhr morgens. Der Wilde stieß mithilfe seines Stockes die Türe weit auf, wagte aber nicht einzutreten. Danach schlenderte er langsam den Platz entlang, am leerstehenden Polizeigebäude, an der leerstehenden Arztpraxis und am leerstehenden Lebensmittelladen vorüber. Hier war die Huber-Bäuerin die Erste, die dem Wilden begegnete. Sie war auf dem Weg zur Kirche, um vor dem Frühstück schnell einen Rosenkranz zu beten. Später sagte sie, der Wilde sei ihr schon irgendwie komisch vorgekommen. Schließlich habe er gestunken wie eine tote Kuh, und gegrüßt habe er auch nicht.

Warum der Wilde ins Dorf gekommen war, ließ sich nicht feststellen. Manche sagten, ihn hätte der Hunger getrieben. Andere meinten, ihm wäre kalt gewesen, draußen im Wald. Den Wilden hätte die Sehnsucht nach menschlicher Nähe geleitet, meinten manche gar; Letztere bildeten aber eine verlachte Minderheit. So überraschend das Auftauchen des Wilden auch war, lieferte es dennoch eine vernünftige Erklärung auf bis dahin ungeklärte Fragen. So war immer wieder in

Mülltonnen und Komposthaufen gewühlt worden; allgemein waren Wildschweine oder Füchse verdächtigt worden, gelegentlich war von Wölfen oder Elchen die Rede gewesen. Auch das Verschwinden einer Unzahl leerer Joghurtbecher, die aus Umweltschutzgründen gesammelt und zur Abholung durch die Müllabfuhr vor die Haustüren gestellt wurden, konnte aufgeklärt werden: Wie sich herausstellte, enthielt das Plastiksackerl, das der Wilde bei sich trug, nichts als eben eine Unzahl leerer Joghurtbecher – ausschließlich verschiedene übrigens. Auch später, als sich der Wilde längst im Dorf eingelebt hatte, vermochte ihn kein Geschenk so zu erfreuen wie ein seltener, in seiner Sammlung fehlender Joghurtbecher; von den Kindern wurde er daher gelegentlich mit einem solchen bedacht.

Schon seit längerer Zeit war das Gerücht umgegangen, im Dorfwald lebe eine Art Affenmensch oder Menschenaffe; namentlich der Mostinger-Sepp hatte davon gesprochen. Der Mostinger-Sepp allerdings hatte sich vorzeitig um den Verstand gesoffen und war daher keine ernstzunehmende Quelle: Er beteuerte, einen gut drei Meter großen Affen gesehen zu haben, der sich an Lianen durch den Wald schwinge, dabei obszöne Urlaute ausstoße und mit den Tieren sprechen könne. Ein aus der Hauptstadt angereistes Expertenteam fand keine Spur des Fabelwesens; allerdings gelang die Entdeckung einer bis dahin unbekannten Pilzart – Phytosomunulus lepastatii Schneider –, die nach dem Direktor des staatlichen Pilzforschungsinstituts benannt wurde, was wiederum die umgehende Beförderung der Entdecker zur Folge hatte.

So brachte der Wilde durch sein Erscheinen Licht in manch verzwickte Angelegenheit, naturgemäß, ohne selbst davon zu wissen. Nach seinem Zusammentreffen mit der Huber-Bäuerin begab sich der Wilde zur örtlichen Trafik, wo er sich neben einem Stoß alter Exemplare der Kronen-Zeitung (Schlagzeile: »Bumst Bundeskanzler Bildungsministerin?«) erleichterte und sich mit selbigen – in dieser Beziehung zivilisierter, als man hätte vermuten dürfen – wischte. Bei Verrichtung dieses Geschäfts wurde er vom ehemaligen Polizeiwachtmeister Moosner beobachtet; der ehemalige Polizeiwachtmeister

Moosner allerdings, der wegen der Hinwegrationalisierung seines ehemaligen Polizeipostens noch einen gewaltigen Groll auf die Obrigkeit hegte, ließ eine Anzeige unterbleiben. Der scheißt drauf, ich scheiß drauf, soll Moosner später gesagt haben. Nachdem der Wilde solchermaßen der Natur genüge getan hatte, streckte er sich ungeachtet der widrigen Witterung auf dem Gefallenendenkmal aus und schlief achtundzwanzig Stunden ohne Unterbrechung.

Als der Wilde schließlich erwachte, hatte sich um ihn ein großer Personenkreis gebildet. Der Bürgermeister war natürlich anwesend, ebenso der Direktor des Fußballklubs, der Präsident des Stockschützenverbandes, der Besitzer des Wirtshauses »Kirchenwirt«, der Gemeindesekretär, der Vorsitzende des Kulturvereins (bis hierher eine Person), der Pfarrer, der Dirigent des Kirchenchores, der Obmann des Anglervereins, der Herausgeber des »Diemingsdorfer Ortsblattes«, der Leiter der örtlichen Bücherei (eine zweite Person insgesamt also), und viele andere prominente Würdenträger. Alles in allem waren bestimmt an die vierzig Ämter und Titel in Gestalt von zehn Personen versammelt. Auch ich selbst war zugegen, bin ich doch schließlich zweiter Vizeunterbrandmeister der lokalen Feuerwehr und Halbobervorsitzender des Freitagstammtisches, und bekam so den Wilden erstmals zu Gesicht.

Der Bürgermeister hieß den Ankömmling im Namen des Dorfes willkommen und hielt bei dieser Gelegenheit eine Ansprache, die manch einen zu Tränen rührte. Auch der Pfarrer begrüßte den Wilden herzlich; er hielt im Zuge dessen eine aufwühlende Predigt, in welcher er das teufelsgesandte Laster des sexuellen Begehrens geißelte. Während all dessen kaute der Wilde genüsslich an seiner großen Zehe. Spätestens zu diesem Zeitpunkt wurde den Anwesenden klar, dass es sich bei dem Wilden um ein gewissermaßen verkommenes, vernachlässigtes und zurückgebliebenes Wesen handelte. Nichtsdestotrotz schlug ihm ungehemmte Sympathie entgegen, und es wurde erörtert, was alles zu seinem Wohl unternommen werden könne. Der Feuerwehrkommandant erbot sich, eine wollene Decke zu stiften. Der Pfarrer spendete ein gusseisernes Kruzifix. Der Wirt fand sich umgehend mit Bier und Schweinsbraten ein. Die Vorsteherin des Trachtenvereins versprach, eine Haube für den Wilden zu stricken. Der Volksschuldirektor brachte ein Buch »Lesen und Rechnen für Anfänger«, der Leiter des Ortsbauernbundes ein lebendes Huhn, der ehemalige Polizeiwachtmeister Moosner ein altes Exemplar des Allgemeinen Bürgerlichen Gesetzbuches. Der Friseurmeister Minzinger meinte, auch ein Wilder habe Anrecht auf einen flotten Haarschnitt, und überreichte ihm einen entsprechenden Gutschein. Der Bürgermeister schließlich meinte, es wäre möglich, Mittel aus dem Budgetbereich »Dorfverschönerung« zu verwenden, um dem Wilden unter die Arme zu greifen. Der Gemeindesekretär stimmte zu (wenig überraschend, waren doch er und der Bürgermeister dieselbe Person), und somit war die Entscheidung gefallen.

Der Wilde saß auf dem Gefallenendenkmal und blickte stolz hernieder auf seine sich stetig vermehrenden Besitztümer. Als er von jedem etwas bekommen hatte und keine weiteren Geschenke mehr eintrafen, sprang er auf und tanzte siebeneinhalb Stunden ohne Unterbrechung.

So war der Wilde in unseren Ortsverband getreten und er lebte sich schnell und umfassend bei uns ein. Die Gemeinde errichtete ihm neben dem Gefallenendenkmal eine künstliche Höhle, in der er schlief und wohnte. Der Pfarrer ließ ihm eine Kirchenbank herbeischaffen, auf welcher der Wilde in der Sonne saß und Seite für Seite das Allgemeine Bürgerliche Gesetzbuch verspeiste. Der Pfarrer schenkte ihm auch eine alte Angel und drückte beide Augen zu, als der Wilde an einem einzigen Tag alle achtundneunzig Karpfen aus dem Pfarrteich zog und verspeiste – ohne eine Fischereierlaubniskarte zu besitzen. Zumindest zur Mitgliedschaft im lokalen Anglerverband konnte der Pfarrer den Wilden überreden; das Aufnahmedokument unterzeichnete der Wilde durch Anbringung der Zahl 5, die er im Buch »Lesen und Schreiben für Anfänger« entdeckt und für besonders schön befunden hatte. Sonntags führte der Wilde sein Huhn spazieren. Die beiden schlenderten nebeneinander einher und waren überall gern gesehen. Manch einer überreichte dem Wilden Kartoffelschalen oder ähnliche Küchenreste, die der Wilde sehr liebte. Auch das Huhn bekam gelegentlich Körner oder Brotkrumen, was den Wilden sehr freute; schließlich war er außerstande, sein Haustier hinreichend mit Nahrung zu versorgen, und dieses selbst war sich zu gut, den Boden nach Würmern zu durchwühlen. Er brachte dem Huhn bei, Stöckchen zu apportieren und leere Joghurtbecher zu stibitzen, und war untröstlich, als das Huhn nach siebzehn Jahren sanft entschlief. Er bekam daraufhin vom Leiter des Ortsbauernbundes einen stolzen Hahn als Geschenk, konnte sich aber mit diesem nicht so recht anfreunden und verspeiste ihn schließlich mitsamt Federn.

Sprechen lernte der Wilde nie, ebenso wenig Schreiben, Lesen und Rechnen. Er machte aber dennoch einen recht glücklichen Eindruck. Er sortierte den Müll in den öffentlichen Mistkübeln (das tat er ganz von selbst; er war immer auf der Suche nach außergewöhnlichen Joghurtbechern) und bekam dafür von der Gemeinde täglich drei warme Mahlzeiten, bereitgestellt aus Budgetmitteln aus dem Bereich »Umwelt- und Naturschutz«. Zu seinem sechzigsten Geburtstag wurde dem Wilden die Ehrenbürgerschaft des Dorfes verliehen. Er erhielt zu diesem Anlass auch einen Namen: Franz Wildinger.

Im hohen Alter von achtundneunzig Jahren schließlich verstarb er während einer besonders kalten Winternacht. Er hatte noch versucht in die Kirche zu gelangen, um sich aufzuwärmen. Die Türen waren allerdings zu diesem Zeitpunkt als Reaktion auf die häufigen Kirchendiebstähle über Nacht stets fest verschlossen.

Franz Wildinger ist am hiesigen Friedhof begraben. Seine letzte Ruhestätte schmückt ein großer marmorner Stein, bereitgestellt aus Mitteln des Budgetbereichs »Denkmalpflege«.

Anja Seuthe

Istanbul Grill

Es regnete. Ali Yildiz stand hinter dem Tresen des Istanbul Döner Grills und blickte hinaus in die abendliche Kleinstadt. Direkt gegenüber lag der Busbahnhof. Um diese Zeit war kaum noch etwas los auf der Straße. Eigentlich hatte Herr Yildiz schon schließen wollen. Aber dann war doch noch ein Gast hereingekommen. Ein Deutscher, etwa fünfzig Jahre alt. Sein schwarzer Regenschirm lehnte in Ermangelung eines Schirmständers am Tisch. Und seinen beigefarbenen Mantel hatte er ordentlich gefaltet auf die Bank neben sich gelegt. Dieser Typ war nicht gerade Stammkunde im Istanbul Grill. Der Herr hatte sich lange in die Auslage vertieft und dann letztendlich doch nur einen Dönerteller bestellt, in dem er jetzt lustlos herumstocherte. Sein Gesicht war sorgenvoll.

Normalerweise hatte Herr Yildiz ein Auge für die Stimmung seiner Gäste und – bei Bedarf – auch ein offenes Ohr für deren Probleme und Sorgen. Aber heute wirkte er irgendwie abwesend. Zu Hause hing der Haussegen schief, seit Erkan eröffnet hatte, dass er Nicki zu ehelichen gedenke. Nicki. Das war nicht mal ein richtiger Name. Nicole hieß sie wohl. Eine Fremde! Eine Deutsche! Er fragte sich, wie es so weit hatte kommen können. Natürlich hatte Erkan immer deutsche Freunde gehabt. Schon auf dem Gymnasium, und dann auch während des Medizinstudiums. Fatima und er waren immer sehr stolz gewesen auf ihren Einzigen. Und nun so was.

Bernd Sander saß einsam auf der Eckbank im Istanbul Grill und sah zu, wie die Regentropfen die Scheibe herunterliefen, sich zu einem kleinen Rinnsal vereinten, um dann am unteren Rand der Scheibe zu verschwinden. Das Essen schmeckte vorzüglich. Und doch bekam er kaum einen Bissen hinunter. Er begann sich zu fragen, warum er überhaupt hergekommen war. Der Schock saß noch tief. Nicki, seine Nicki, hatte ihm heute eröffnet, dass sie heiraten wolle.

Einen Fremden! Einen Türken! Allein die Vorstellung ließ ihm kalte Schauer den Rücken hinunterlaufen. Nicki war so lebenslustig. Sportstudentin. Immer unterwegs. Immer aktiv. In Herrn Sanders Kopf schienen tausend kleine Hämmerchen zu hämmern. Immer wieder fragte er sich, wie es so weit hatte kommen können. Natürlich hatten er und Renate die kleine Nicole tolerant erzogen. Dass sie auch ausländische Freunde hatte, war schon o. k. Aber musste man die denn gleich heiraten? Erkan hieß er. Oder war es Erdogan? Wer konnte sich diese türkischen Namen schon merken! Apropos Namen. Wie würde Nicki denn nach der Eheschließung heißen? In der Aufregung hatte er ganz vergessen, nach dem Familiennamen zu fragen. Vielleicht war sie ja klug genug, ihren deutschen Namen zu behalten. Aber seine Enkelkinder würden wohl Türken werden. Unvermeidlich. Wieder lief Herrn Sander ein kalter Schauer den Rücken herunter. Missmutig spießte er ein Stück Döner auf seine Gabel.

Ebenso missmutig wischte Herr Yildiz die Theke ab. Erkan war immer ein braver Junge gewesen. Fleißig und anständig. Fatima und er hatten von einer ebensolchen Schwiegertochter geträumt. Eine gute Hausfrau sollte sie sein, die Familie und die Tradition respektieren. Und nun würde die Muttersprache seiner Enkel deutsch sein. Warum musste es auch ausgerechnet eine Deutsche sein. Was wohl die Nachbarn sagen würden! Er konnte sich die mitleidigen Blicke schon vorstellen, die man ihm zuwerfen würde. Bei dem Gedanken an die Hochzeitsfeier sank seine Laune noch einmal auf einen neuen Tiefpunkt. Ein weißes Kleid war wohl nicht angebracht bei einer deutschen Braut. Wie könnte man erwarten, dass sie eine Tradition achtet, die sie nicht hat?

Immer noch regnete es in Strömen. Herr Sander hing seinen trüben Gedanken nach. Damit war wohl auch das Hochzeitsfest geplatzt. Er verspürte keinerlei Lust auf einen Polterabend, wenn auch seine Verwandten dabei sein würden. Türken passen nun mal nicht auf einen zünftigen Polterabend. Wie konnte man erwarten, dass die eine Tradition achten, die sie nicht haben? Er konnte sich die mitleidigen Blicke schon vorstellen, die seine Freunde ihm zuwerfen würden. Und erst die Arbeitskollegen. Nicole, nein, dieser Türke machte ihn zum Gespött. Wütend warf er die Gabel auf den Tisch. Alles bekamen die nachgeschmissen. Wahrscheinlich war der zukünftige Schwiegervater seiner Tochter Fabrikarbeiter. Und die Schwiegermutter Putzfrau. Mit zehn Kindern, sodass sie vom Kindergeld leben konnten. Und jetzt wollte sich der Junge ins gemachte Nest setzen. Als ob er, Bernd Sander, blöd genug sei, dass mitzutun.

Herr Yildiz, der die Gabel kaum hatte aufschlagen hören, polierte jetzt die Glasscheibe in der Theke. Wahrscheinlich war es ein Fehler gewesen, überhaupt nach Deutschland zu kommen. Die ganze Dreckarbeit hatten die Türken getan für die Deutschen, die es nicht geschafft hatten, ihr Land nach dem Krieg alleine wieder flottzukriegen. Er hatte sich halb tot geschuftet. Für seinen Traum von ein bisschen Wohlstand hatte er die Heimat aufgegeben. Etwas, das ein Deutscher nie würde verstehen können. Die Heimat aufgegeben. Und nun, da er sich langsam zur Ruhe setzen wollte, im Kreise seiner Lieben, kam diese Fremde. Dieses deutsche Mädchen hatte sich Erkan geangelt, wer weiß mit welchen Mitteln. Erkan, einen aufstrebenden jungen Arzt mit nicht unerheblichem Vermögen. Schließlich würde Erkan einmal das Haus in der Steingasse erben. Ebenso die Wohnung an der türkischen Mittelmeerküste. Und jetzt wollte sich das Mädchen ins gemachte Nest setzen. Als ob er, Ali Yildiz, blöd genug sei, dass mitzutun. Wütend blickte er auf den späten Gast, der immer noch vor seinem fast unberührten Teller saß. »Haben Sie sonst noch einen Wunsch?«, hörte er sich sagen.

Herr Sander wurde aus seinen trüben Gedanken gerissen. »Einen Wunsch? Ach so, nein danke, alles ist bestens.« Was für eine Lüge. Nichts war bestens. Und nichts wünschte er sich sehnlicher, als zu erwachen aus diesem Albtraum, der nicht zu Ende gehen wollte. Und doch war ihm klar, dass er im Grunde genommen noch nicht einmal richtig angefangen hatte. Renate hatte ihm geraten, doch erst einmal abzuwarten und dann das Unvermeidliche zu akzeptieren, das auf sie zukam. Vielleicht waren diese Leute doch gar nicht so türkisch, wie er sie sich vorstellte. Frauenlogik. Wie konnten Türken nicht türkisch sein? An diesem Punkt hatte Herr Sander Mantel und Schirm gegriffen und war aus dem Haus geflohen. Zuerst war er ziellos durch die Straßen gelaufen. Dann aber hatte er sich plötzlich vor dem Istanbul Grill wiedergefunden. Kurz entschlossen war er eingetreten. Das Unvermeidliche akzeptieren. Letztendlich würde ihm wohl nichts anderes übrig bleiben.

Herr Yildiz warf einen Blick auf seine Uhr. Er wollte nach Hause. Fatima hatte geweint. Doch dann hatte sie gesagt: »Auch wir waren Fremde in diesem Land. Wir sollten diesem fremden Mädchen in unserer Familie eine Chance geben. So deutsch können die Leute doch gar nicht sein, wenn Erkan das Mädchen wirklich liebt.« Frauenlogik. Als ob es Deutsche gibt, die nicht deutsch sind. So hatte Ali Fatima im Streit verlassen, als er in den Grill musste. Er sehnte sich nach seiner Frau und ihrer Weisheit.

Endlich regte sich etwas auf der Eckbank. Bernd Sander erhob sich langsam. Alle Glieder schmerzten. Ebenso langsam zog er seinen Mantel an, nahm seinen Schirm und ging in Richtung Tür. »Einen schönen Abend noch!«, wünschte er, bevor er den Grill schweren Schrittes verließ. Ali Yildiz erwiderte: »Auch Ihnen einen schönen Abend!«, und sperrte die Tür hinter ihm zu.

Sabine Prigge

Das erste Mal

L uise, ich muss dir etwas sagen.«
»Nicht jetzt«, sagte Luise, die ahnte, dass es keine gute Nachricht sein würde. »Lass uns bitte erst essen.«

Sie legte ihr Besteck auf den Teller und betupfte vorsichtig mit der weißen Leinenserviette den Mund, bevor sie einen Schluck Wein nahm und genießerisch die Augen verdrehte. Manfred war sicher, dass die Serviette nicht einen Fleck aufwies.

Im Hintergrund lief leise Musik, irgendwas Klassisches. Er blickte zum Nebentisch. Dort saß ein Paar, etwas jünger, vielleicht um die fünfzig. Sie war eine Gertenschlanke, tiefbraun, faltiges Gesicht, das auf zu viel Nikotin oder Sonnenbank – oder beides – hindeutete. Das tiefe Dekolleté erwies sich als nicht sehr vorteilhaft. Schabracke, dachte Manfred unfreundlich. Da war ihm seine Luise doch lieber. Die hatte zwar keine Traumfigur mehr, stand aber wenigstens zu ihrem Alter. Die anderen Tische konnte er nicht sehen, weil er mit dem Rücken zu ihnen saß. Luise bestand in Restaurants immer auf den Platz, der ihr den besten Blick auf die Gäste ermöglichte.

Er seufzte laut. Seine Freude am Essen, unschwer an den vielen überflüssigen Pfunden zu erkennen, war getrübt. Dabei liebte er Steaks über alles. Das Bier dagegen schmeckte. Mit einem tiefen Schluck leerte er bereits das dritte Glas.

»Manfred, musst du so viel trinken? Und das Essen hast du noch nicht angerührt.«

»Mir ist heiß.«

»Natürlich ist es heiß, draußen sind es immer noch über dreißig Grad.«

»Warum konnte ich dann nicht die kurze Hose anlassen?«

»Manfred, ich bitte dich, das hier ist ein 4-Sterne-Restaurant.«

Er hasste ihren Hang zum Luxus. Sehnsüchtig dachte er an seine Eckkneipe. Mit der Serviette wischte er sich einen Schweißfilm von Stirn und Glatze.

»Manfred!«

»Ja, was? Soll mir der Schweiß ins Essen tropfen?«

Mit dem leeren Glas in der Hand wandte er sich um.

»Kellner, noch ein Bier bitte!«

Luises blaue Augen hinter den Brillengläsern musterten ihn vorwurfsvoll. Manfred ließ sich nicht beirren.

»Ihr Frauen habt es gut. Du kannst in Rock und Bluse am Tisch sitzen, während ich in Anzug und Krawatte fast schmelze. Wo bleibt denn da die Gerechtigkeit?«

»Das ist keine Frage von Gerechtigkeit, das ist eine Frage von Stil.«

Sie warf einen vernichtenden Blick zu dem Paar am Nebentisch. Dort wurden gerade Zigaretten angezündet. Luise hasste Zigarettenqualm, während Manfred neidvoll den Duft einsog.

»Gut, Manfred«, sagte Luise jetzt. »Du hast es geschafft. Jetzt ist mir der Appetit auch vergangen. Was willst du mir sagen?«

»Also ich …«, automatisch griff seine Hand zum Bierglas, das jedoch noch nicht gegen ein volles ausgewechselt worden war. »Weißt du, es ist so …«

»Manfred, sag es einfach!«

»Mir geht es nicht gut«, presste er heraus.

»Kein Wunder, wenn du auf nüchternen Magen so viel Alkohol trinkst.«

»Ach, das meine ich doch nicht«, rief er ungehalten.

»Psst, Manfred, nicht so laut!« Peinlich berührt sah sie sich um. »Was meinst du denn?«

»Ich will das hier nicht«, flüsterte er.

»Bitte?«

»Ich will zurück.«

»Wie zurück?«, fragte Luise verständnislos.

»Ganz einfach zurück«, seufzte Manfred, erleichtert, dass es endlich gesagt war.

»Warum?«

»Ich will, wenn ich morgens aus dem Fenster schaue, den Garten sehen, ich will in meinen Bastelkeller. Ich will mein Auto.«

»Wir haben hier das gleiche Auto.«

»Ja, aber es ist nicht meines«, erwiderte Manfred trotzig. »Und die Eckkneipe!« Er war nicht bereit, auf Argumente zu verzichten. »Mir fehlen die Jungs und das Skatspielen.«

Luise nahm ihr Besteck wieder auf und stocherte in ihrem Salat. Eine Weile herrschte unangenehmes Schweigen zwischen ihnen. Dann sah sie auf. Sie schaute gar nicht mehr vorwurfsvoll. Manfred sah Tränen in ihren Augen und schämte sich fürchterlich.

»Manfred«, sagte sie und zog ganz unfein geräuschvoll die Nase hoch. »Wir wollten es doch beide. Das erste Mal. Nach vierzig Jahren. Wir haben so lange daraufhin gearbeitet, wir haben so ausführlich darüber nachgedacht, haben überlegt, abgewogen, geplant. Soll denn das alles umsonst gewesen sein?«

»Luischen, es tut mir so leid.« Er legte seine Hand auf ihre. »Aber bitte versteh mich doch. Ich werde krank, ich halte das nicht aus.«

»Das ist schwer zu verstehen. Du bist ein Mann von fast sechzig Jahren.«

»Aber ich habe Heimweh, Luise. Ich will keinen Urlaub.«

»Bitte, versuch es noch ein bisschen, Manfred. Wir sind doch erst heute Morgen aufgebrochen.«

Adrienne Friedlaender

Klassentreffen

Ute Sanders – der Name allein sagte mir nichts. Erst in Verbindung mit dem Poststempel öffnete sich eine Schublade. Erinnerungen erweckten Bilder und ließen sie auf einer längst vergilbten Leinwand lebendig werden. Ostseebad Timmendorfer Strand – Ute Sanders. Mein Gott, es war über zwanzig Jahre her, dass ich das Ostseegymnasium am Timmendorfer Strand besuchte. Schon auf dem Weg vom Briefkasten bis zu meinem Sessel im Wohnzimmer, auf dem ich mich mit dem Brief in der Hand niederließ, verlor ich zwei Jahrzehnte und fühlte mich wie die sechzehnjährige Schülerin von damals.

Timmendorfer Strand – Ferienparadies, Kurort, Strandurlaub!

Wir waren keine Gäste, wir lebten hier. Uns gehörte der Ort! Das Gymnasium hoch oben auf dem Berg. Klassenzimmer mit Meerblick und Segeln im Sportunterricht. Der Schulweg morgens mit dem Rad entlang der leeren Strandpromenade. Auf dem Rückweg alle fünfhundert Meter eine Versuchung. Strandkioske lockten mit Pommes rot-weiß in dünnen Pergamenttütchen und Milchreis mit Tuttifrutti.

Aufgeregt öffnete ich den Brief. Klar war es Ute, die in mühevoller Arbeit, vermutlich über Wochen, alle Adressen ihrer damaligen Mitschüler recherchiert hatte. Die ordentliche Ute, die nie über die Stränge geschlagen war, keine Freunde oder Feinde hatte und mit fleißiger Stetigkeit ihre Schulzeit absolvierte. Freundlich und unauffällig gehörte sie wie ein Möbelstück zum Klassenraum der 8 A.

Noch fünf Jahre bis zum silbernen Jubiläum, verkündete Ute. Zeit für ein Wiedersehen!

Die unzertrennlichen Vier. So wurden wir von den Lehrern genannt und wir waren stolz auf unsere bedingungslose Verbundenheit: Simone, Frank, ich und natürlich Benjamin. Mein Benjamin!

Wir hatten kein Geld für das teure Café gegenüber, vor dem die schicken Touristen Schlange standen. Die Blumenkästen gegenüber dem Rathaus waren der Treffpunkt für die Jugend des Ortes. Heimlich rauchend beobachteten wir die Touristen, die schwitzend, sonnenverbrannt und mit pellenden Schultern Kühltaschen, Schwimmreifen und Gummiboote an den Strand trugen und am Abend wieder zurück. Jeden Tag.

Simone kaufte süßen Wein und Zigaretten, weil sie die einzige von uns war, die schon mit vierzehn aussah wie achtzehn. Wir tranken auf unsere Freundschaft, unsere Träume und auf diese Welt, die wir nicht verstanden. Wir vier gegen die Gesellschaft und den Rest der Welt. Weil es damals dazugehörte, nicht dazugehören zu wollen.

Das Treffen war für Anfang Mai geplant – die schönste Zeit im Jahr, wie Ute überflüssigerweise in Erinnerung rief. Wir waren Küstenkinder, am Strand aufgewachsen und kannten die schönsten Monate am Meer. Schon damals liebte ich mehr die Herbststürme und die eisigen Wintermonate als den Sommer. Aber ich behielt es für mich, weil niemand in einem Sommerferienort meine Leidenschaft für schlechtes Wetter teilte.

Ich erinnerte mich an diesen einen, besonders kalten Winter. Die Ostsee war bis zur Fahrrinne zugefroren. Arktische Eisschollen trieben in der friedlichen Lübecker Bucht. Wir sprangen übermütig von Scholle zu Scholle. Am nächsten Tag erfuhren wir, dass Klaus, der Sohn der Strandkorbvermietung Berger, zwischen zwei Schollen gerutscht und ertrunken war.

Auftakt des Jubiläums »Abi '81« sollte eine zweistündige Fahrt mit der »Strandmöwe« sein!!! Mit drei Ausrufezeichen wies Ute uns darauf hin, dass Sabine ihren Traum verwirklicht hatte. Ich musste lächeln. Schon in der fünften Klasse hatte Sabine ständig davon geschwärmt, eines Tages den Dampfer ihres Vaters zu übernehmen. Betriebsfeiern, Butterfahrten und Bestattungen – damals war es noch nicht üblich für eine Frau, das Kapitänspatent zu machen.

Was hatten wir für Träume gehabt? Simone trug als Einzige schon in der sechsten Klasse einen BH und war so hübsch, dass sogar unser Sportlehrer einen roten Kopf bekam, wenn sie sich wegen imaginärer Monatsbeschwerden vor dem Sportunterricht drückte. Sie wollte Fotomodell werden und keiner von uns zweifelte an ihrem Erfolg. Franks Vater leitete das kleine Meerwasseraquarium neben der Trinkkurhalle. An verregneten Strandtagen rettete es die Eltern vor quengelnden Kindern. Jahrelang nervte er uns mit seiner Vision, das größte Aquarium Deutschlands zu eröffnen. Seaworld in Timmendorf. Heute gibt es tatsächlich etwas Ähnliches, nicht weit von unserer damaligen Schule.

Ich wüsste gern, ob Frank etwas damit zu tun hat.

Und ich? Was waren meine Träume damals? Ich zündete mir eine Zigarette an und zog so intensiv den Rauch ein, als könne ich damit die verlorene Erinnerung inhalieren. Benjamin wollte Betriebswirtschaft studieren und ein Luxushotel im Ort eröffnen. Ich hatte keine eigenen Träume. Ich träumte von einer Zukunft mit Benjamin und schloss mich daher seinem Traum vom eigenen Hotel an.

Die meisten von uns verbrachten die Sommerferien zu Hause. Wer verreist schon, wenn Strand und Meer vor der Haustür liegen. Trotzdem erinnere ich mich kaum an Strandvergnügen und Badespaß.

Sofort fiel mir der Tag ein, an dem Benjamin mich überraschen wollte und unerwartet am Strand erschien. Zum Glück erkannte ich ihn, bevor er mich sah. Obwohl ich in der Nähe des Niendorfer Hafens wohnte, schwamm ich bis zur Seeschlösschenbrücke und wartete dort frierend eine Ewigkeit. Nur damit Benjamin nicht meine dicken Oberschenkel sehen sollte. Meine Mutter dachte damals, ich sei ertrunken, weil ich erst zwei Stunden später bibbernd und schlotternd zu Hause erschien. Vier Wochen lang plagte mich danach eine chronische Blasenentzündung.

Wir machten Strandpartys. Abends, wenn die letzten Gäste den Strand verließen und der Sand noch aufgeheizt war von der Hitze der Augustsonne. Wir schoben die verlassenen Strandkörbe zusammen und entzündeten in der Mitte ein Feuer. Einmal hat Simone sich ausgezogen und ging nackt im Mondschein schwimmen. Keiner von uns traute sich mitzugehen, aber ich erinnere mich noch an die Silhouette ihres perfekten Körpers im Mondlicht.

Zwei Jahre später endlich trauten auch Benjamin und ich uns auszuziehen. Zaghaft und etwas ängstlich liebten wir uns in einem Strandkorb. Er war rotblau gestreift, daran kann ich mich genau erinnern und an Benjamins Haare, die sich im Nacken kräuselten, ganz zart, wie die kleinen Wellen, die sanft an den Strand plätscherten, ganz unten am Wasser, wo der Sand fest ist. Eng umschlungen kuschelten wir uns frierend unter einer Wolldecke zusammen, bis die Sonne aufging. Ich bekam vier Wochen Stubenarrest, in denen Benjamin und ich uns Dutzende von Briefen schrieben. Von unserer Liebe, unserem Hotel, von unseren Kindern und einer gemeinsamen Zukunft.

Mit siebzehn lernte Simone Mike kennen. Mike war zwanzig Jahre älter als Simone und versprach ihr eine Karriere als Topmodell. Einige Wochen sahen wir sie mit ihm in einem teuren Cabriolet durch Timmendorf fahren, bevor sie quasi über Nacht für immer verschwand. Wir hörten nie wieder etwas von ihr. Monatelang suchten wir drei Zurückgebliebenen vergeblich auf den Titelseiten der Hochglanzmagazine nach einem Bild unserer schönen Freundin.

Nachdem ich die Schule verlassen hatte, bin nie wieder nach Timmendorf zurückgekehrt.

Sorgfältig faltete ich den Brief wieder zusammen und schob ihn zurück in den Umschlag. »Unbekannt verzogen«, vermerkte ich links oberhalb meines Namens und warf den Brief in den Postkasten am Ende der Straße. Behutsam verschloss ich die Schublade mit den kostbaren Erinnerungen an eine ganz besondere Zeit.

Wir waren keine Urlauber – der kleine Ort am Meer war unsere Heimat und ich würde auch heute nicht als Gast zurückkehren.

Wiete Lenk

Wir werden heimkommen, Kleine

Die Kneipe des Bahnhofs von S. vermittelt keinen freundlichen Eindruck. Leuchtröhrenlicht fällt auf fleckige, grün karierte Tischdecken. Im Raum hängt der Geruch von abgestandenem Essen, von Zigaretten und Bier. Vorn an der Theke klirren Gläser. Eine Lautsprecherstimme zählt Zugverspätungen auf.

»Setz dich zu mir!«, sagt der Alte in der Ecke, als eine Frau im Türrahmen der Kneipe steht. Das sagt er zu jedem, der das Lokal betritt. Er weiß, dass kein Mensch seiner Aufforderung Folge leistet. Er sagt es trotzdem zu jedem. Diesmal jedoch ist es anders. Diesmal scheint es, als hätte die Frau nur auf des Alten Aufforderung gewartet. Ohne Umschweife geht sie an seinen Tisch und setzt sich zu ihm. Sie winkt dem Kellner und schlägt ihre Beine übereinander. »Das Gleiche wie er!«, sagt sie, auf des Alten Glas deutend. Der hebt seinen Kopf und beäugt sie überrascht. »Hab meinen Zug verpasst«, sagt die Frau und weicht seinem Blick aus. Sie betrachtet die zitternde Hand des Alten, mit der er sich über den Bart streicht. Auf dem Handrücken ist ein Anker mit Herz eintätowiert. Der Alte ist ihrem Blick gefolgt. »Ja, ja, das waren noch Zeiten. So fern der Heimat«, brabbelt er in sein halbleeres Glas und leckt mit der Zunge über den Anker. »Damals …« Des Alten Stimme bricht ab. Erneut fährt seine Zunge über den Handrücken. Herz und Anker glänzen. Wartet der Alte auf eine Frage? Die Frau fragt nicht.

Der Alte räuspert sich. Seine Augen wandern zum Kellner. Der nickt. Er kennt den Alten. Tag für Tag sitzt er an einem der wackligen Kneipentische. Und ruht nicht eher, bis sein Tisch abgeräumt wird, befreit von leeren Gläsern und vollen Aschenbechern. Wenn der Tisch bereits seinen Erwartungen entgegenkommt, dann brummt der Alte erfreut. Und schichtet Bierdeckel zum Turm auf. Und legt ein Geldstück für den Kellner auf die Bierdeckelturmspitze. Der Kellner steckt die Münze mit flinker Bewegung in seine Geldtasche. Dann brummt auch der Kellner gut gelaunt.

»Na ja! So weit weg von der Heimat, da kannst du schon Sachen erleben«, versucht der Alte erneut mit der Frau ins Gespräch zu kommen. Seine Augen streifen Handrücken und Anker. Er beugt sich ein wenig vor und fragt über die grün-weiß karierte Tischdecke: »Schon mal untergegangen? Ich meine, so richtig mit einem richtigen Kahn?« Der Alte erwartet auf diese Frage keine wirkliche Antwort. Er ist schon froh, in der Frau eine Zuhörerin gefunden zu haben. Das ist nicht immer so. Meist wird seinem Gebrabbel wenig Aufmerksamkeit geschenkt. Seine Brabbelei wird mit einem Lächeln abgetan. Auch der Kellner lächelt über den Alten.

Die Frau lächelt nicht. Ihre Miene ist unbewegt. Nachdenklich sieht sie den Alten an.

Der leckt langsam am Glas, nimmt einen Schluck und erzählt: »Weißt du, wir hatten gerade erst die Biskaya passiert, in Ponta Delgada Wasser gebunkert und befanden uns auf der Überfahrt nach Kuba. Damals fuhren verdammt viele Kähne rüber zu Fidel. Der Osten musste zusammenhalten, auch mit Kuba. Für uns waren Kuba und Fidel auch der Osten. Die Mannschaft aber war mies drauf.«

Der Alte stockt. Er sucht nach Worten, die das eben Gesagte verständlicher machen, die Zusammenhänge seiner zusammenhanglosen Sätze erklären. Aber seine Zuhörerin nickt. Nickt nachdenklich, als kenne sie des Alten Geschichte. Ihr Nicken als Wink deutend, fortzufahren, brummt der Alte: »Die Jungs hatten sich nun mal auf Vera Cruz und Tampico versteift, wollten in Mexico was erleben.« Er hüstelt. »Aber diesmal ging's nach Cienfuegos.« Der Alte spricht den Namen der Stadt in akzentfreiem Spanisch aus. »Hundertfeuer«, sagt er. »Das Kaff hieß Hundertfeuer.« Er hüstelt erneut. »Dort war verdammt wenig los. Ein armseliges kubanisches Provinznest, dieses Cienfuegos. Fidels Kommunismus hat alles plattgemacht. Keine Kneipen gab es mehr. Und auch keine Nutten.« Vom Kinn des Alten tropft Sabber. Der Alte bemerkt es nicht. Und die Frau ekelt es nicht. Sie rückt näher. »Nur der Seemannsklub, gleich am Hafen, der war gut. Die hatten einen verdammt guten Rum«, schwärmt er mit heiserer Stimme. »Man konnte ihn nur für Dollar kaufen. Amerikanische Dollar. Fidel brauchte Devisen. Dollar. Die hat er mit Rum gemacht.« Der Alte schweigt einen Moment. »Rum hatten wir auch an Bord. Wir haben den Rum an Bord getrunken. Und unsere Dollar aufgespart. Für Mexiko.« Der Alte ist jetzt in seinem Element. Seine Augen glänzen. Seine hohe Altmännerstimme ist lauter geworden. »Und weil die Mannschaft mies drauf war, da hat der Alte 'ne Sonderration rausgerückt. Wenn du weißt, was das heißt.«

Offensichtlich weiß es seine Zuhörerin. Sie stellt keine Frage.

»War ein gerissener Hund, unser Alter. Wusste genau, wie er die Mannschaft wieder hinkriegt. Wusste genau, wie man das macht.« Der Alte grinst. »Kapitäne können keine miese Stimmung gebrauchen.« Der Alte winkt dem Kellner. »Rum!«, sagt er zum Kellner. Zur Frau sagt er: »Und so hat der Alte den Rum ausgeben lassen. Pro Mann eine Buddel.«

Die Frau umfasst ihr Glas.

»Ja, und dann ist es passiert. Der Kahn ging unter. Einfach so. Keine Ahnung warum. Wir hatten spiegelglatte See. Sackte plötzlich weg, der verdammte Kahn. Zehntausend Bruttoregistertonnen. Sackten einfach so weg.« Der Alte hält für einen Augenblick inne und lässt einen Bierdeckel kreiseln. »Vielleicht lag es am Rum. Havanna Club. Man sollte ihn nie ohne was trinken. Wir sind also abgesoffen. Alle Mann.« Diesmal fragt er nicht, ob seine Zuhörerin weiß, was das heißt.

Die Frau nickt dem Kellner zu. Er hat zwei neue Gläser auf den Tisch gestellt. Mit Rum.

»Wir hatten das oft geübt«, jammert der Alte. »Ich meine das Retten.« Er leckt seinen Sabber weg. »Bootsrolle in nur acht Minuten. Acht Minuten, das war Spitze.« Die Frau leert mit kleinen Schlucken ihr Glas. »Trotzdem, alle abgesoffen. Alle Mann. War im Nu weg, dieser verdammte Kahn.« Des Alten Stimme klingt hohl. »Reimt sich sogar«, stellt er fest. »Hab mir eine der Rettungsinseln gegriffen ... Mann ... war ich froh. Die andern versuchten, die Boote klarzukriegen. Manöver Rettungsbootsmann.« Der Alte räuspert sich. »Hat aber nicht hingehau'n. War 'ne ziemlich verfahrene Sache.« Die Frau räuspert sich auch. »Die Jungs haben durcheinandergeschrien und geflucht.« Der Alte hebt seinen Kopf. »Komisch, da wollten die alle wieder nach Hause, waren ganz scharf auf ihre Mütter ... Und ich hatte mit diesem Rettungsdings zu tun, dieser Insel da. Ist damals ganz neu entwickelt worden. In der Heimat.« Der Alte fasst sich an die Stirn. »Versuchte mich zu erinnern. An die Heimat. Und was man machen muss. Aber in meinem Kopf war nur Leere.« Der Anker tänzelt auf seinem Handrücken.

»Ich schaukelte ziemlich hilflos in dieser Insel, als auf einmal die Kleine auftauchte«, fährt er endlich fort. »War irgendwie einfach da, diese Kleine. Eine der Stewardessen auf unserem Frachter. Eine dieser blutjungen kichernden Stewardessen.«

Der Alte nestelt an der Tischdecke. Er sagt: »Wenn du mich fragst, Frauen haben nichts zu suchen an Bord ... die bringen nur Unglück. Vielleicht waren die Frauen an allem schuld. Vielleicht sind wir damals nur wegen der Frauen abgesoffen.« Er kratzt sich hinterm Ohr. »Da bin ich ziemlich abergläubisch, wenn du weißt, was ich ...« Er schnieft vernehmlich und lässt den unvollendeten Satz in der Luft hängen. Er blickt dem Kellner nach, der zwischen Tischen und Stühlen umherwieselt. »Sie hat am ganzen Körper gezittert, das arme Ding. Hat sich an die Rettungsleine der Insel geklammert und mich mit weit aufgerissenen Augen angestarrt. Die Augen vergess ich mein Lebtag nicht.« Abermals bricht des Alten Erzählfluss ab. Die Frau hat ihre Augen geschlossen und ihren Kopf in die Hände gestützt. Unsicher, ob sie ihm überhaupt noch zuhört, sagt der Alte: »Wie von einer Riesenwelle reingespült.« Er leckt sich über seine trockenen Lippen und beginnt einen Bierdeckelturm zu bauen. »Die kalte Angst kroch in mir hoch. Ja, das muss ich sagen. Mich hat es geschüttelt vor Angst. Hab genauso gezittert wie die Kleine. Die mich ansieht, als könnte ich irgendwas retten, irgendwas machen.« Der Bierdeckelturm wackelt. »Setz dich zu mir, hab ich irgendwann gesagt und meinen Arm um sie gelegt. Ist 'ne verflucht dämliche Lage, in der wir zwei stecken.« Mann, ich fühl noch, wie sie gezittert hat.

Des Alten Stimme verliert sich in Gemurmel. Seine Hand umklammert das leere Glas. Ausdruckslos stiert er auf das grün-weiße Tischdeckenmuster.

Die Frau erhebt sich. »Mein Zug fährt gleich«, sagt sie und streicht über die Hand des Alten. »Du hast deine Rettungsweste genommen«, sagt sie und kramt ein paar Münzen hervor. »Hast die Weste genommen und mir gegeben. Hast lange Geschichten erzählt. Von deinem Heimweh. Und dass du gern heimkommst. Auch wenn da die Mauer ist. Und du das nicht verstehen kannst.« Die Frau legt die Münzen auf den Bierdeckelturm. »Bist ganz ruhig geblieben«, sagt sie. »Hast mir gesagt, dass ich nicht aufgeben soll, dass wir gerettet werden aus dieser verdammten Insel. Hast auch gesagt, dass ich zu jung bin, um abzuschließen mit meinem Leben … und ich hab dir vertraut. Schließlich warst du der Chiefmat. Im Rang gleich hinter dem Alten, unserem verrückten Kapitän. So einer weiß, was er sagt.« Sie versucht die Tischdecke glatt zu ziehen, ohne den Bierdeckelturm umzuwerfen.

Zum Kellner, der das Geld vom Bierdeckelturm klaubt, sagt sie leise: »Neunzehn Jahre alt war ich, als er mir sagte, wir werden heimkommen, Kleine.«

Jutta Miller-Waldner

Kartoffelsalat mit Buletten

Jeden Sonntag fuhren wir, wenn das Wetter einigermaßen schön war, mit Decken, Badezeugs und Gläsern mit Kartoffelsalat und Tüten mit Bouletten bepackt mit der S-Bahn ins Grüne. Wir, das waren meine Eltern, mein Bruder und ich. Manchmal fuhren wir zum Müggelsee oder an die Spree, aber meistens ging es nach Grünau in das Strandbad. Wir sind ins Wasser gegangen, ich habe geflippert oder auch geschaukelt, dass ich fast in den Himmel flog, aber dann flog ich doch nie.

Und dann lag ich auf meiner Decke, guckte mir die Wolken an, und sie wurden Burgen, und ich war das Burgfräulein im finsteren Verlies mit ekligen Ratten, und ein Ritter kam und wollte mich befreien. Aber dann spritzte mich mein Bruder nass und ich war sauer. Ich hörte die Äppelkähne tuckern und stellte mir vor, wie ich auf solch einem Kahn wohnen würde, Tag für Tag unterwegs, immer woanders und immer auf dem Wasser. Ich würde fremde Städte sehen und fremde Menschen mit schwarzen, gelben oder roten Gesichtern und vielleicht auch mal eine Giraffe oder einen Elefanten. Und dann würden wir unter Brücken hindurchschippern und Kinder würden auf mich herunterspucken. Das fand ich nicht so gut.

Ich beschloss, nicht auf solch einem Dampfer zu leben und ein bisschen schwimmen zu gehen. Vielleicht würde ich ja irgendwann so schnell kraulen, dass ich Olympiasiegerin werden würde oder zumindest Weltmeisterin, und alle würden mir zujubeln und »Das hast du gut gemacht, Sabine!« rufen, und ich würde ganz lässig in die Menge gucken und in die Fernsehkameras winken. Aber dann bekam ich einen Krampf in der rechten Wade und humpelte zurück auf meine Decke. Das war also auch nichts.

Ich schloss die Augen und hörte die Wellen plätschern und die Kinder kreischen und die Alten quatschen, und alles schien so weit weg. Und wenn ich blinzelte, sah ich die Kiefern über mir in den unwahrscheinlich blauen Himmel ragen, und dann wieder wurde ich bepudert mit Sand und nass gespritzt von den Kindern, die mitten zwischen den Decken tobten. Aber ich war viel zu faul, um zu meckern. Doch dann grummelte mein Magen, und ich klopfte darauf und sagte, nun sei mal still, aber das nützte nichts, und dann kitzelte der Duft nach Kartoffelsalat in meiner Nase, und ich war hellwach. Nie wieder hat mir etwas so gut geschmeckt wie Kartoffelsalat, angemacht mit Öl, Essig und Brühe und vielen kleingeschnittenen Zwiebeln, angewärmt in der märkischen Sonne, gegessen unter märkischen Kiefern, wo ich beim Kauen fast den Sand zwischen den Zähnen knirschen hörte, und dazu eine kalte Bulette mit Senf. Denn der Duft von dem Salat, das war der Duft nach Sonntag, und die Buletten dufteten nach Zeit, genug Zeit, so viel Zeit, die ich hatte, unglaublich viel Zeit.

Wenn dann die Sonne tiefer sank und immer röter wurde und die Havel sich nachmittäglich färbte, wurde ich energisch von meinen Eltern aus meinem Frieden gerissen. Wir packten die leeren Kartoffelsalatgläser ein für das nächste Mal, und ich leckte die letzten Bulettenkrümel vom Pergamentpapier und knüllte es zusammen und schmiss es in den Abfallkorb, den mindestens tausend Wespen umsurrten, und ich rannte ganz schnell weg. Mein Bruder und ich schüttelten die Decken aus, dass den anderen der Sand um die Ohren flog und meine Mutter schimpfte. Aber wir lachten und schmissen uns in den Sand und beschmissen uns mit Sand, bis uns mein Vater energisch auseinanderriss und uns eine Ohrfeige gab, sodass wir erst einmal heulten. Aber dann zog ich doch mein Kleid über und brüllte: »Aua!«, weil der Stoff auf meinem Sonnenbrand scheuerte. Die Schuhe drückten vom Sand, der immer wieder hineinfiel, sodass ich dauernd stehen bleiben musste, um sie auszuschütteln, bis ich barfuß ging mit den Schuhen in der Hand und hopste, weil die Steinchen auf dem Weg fürchterlich pikten.

Und so machten wir uns allesamt schwerbepackt und müde von der Luft und von der Sonne auf den Heimweg, auf den Massenheimweg.

Und warteten auf die S-Bahn und quetschten uns in die Waggons und näherten uns der stickigheißen Stadt.

Und ich war wieder in meiner Kammer und guckte wieder auf die trostlose Fassade vom Haus gegenüber, an dem die Farbe abblätterte, und auf den Hof, wo ein verkrüppeltes Bäumchen mühsam seine Zweige dem Licht entgegenstreckte. Und wo manchmal eine Amsel sang voller Lebenslust und Freude, aber wir fühlten uns glatt belästigt von ihrem Geschrei. Ich packte das Badezeug aus, und ein bisschen Strandsand staubte auf den Fußboden, und das Kartoffelsalatglas roch nach Zeit und Freiheit, aber ich war wieder gefangen in einszwanzig mal vier Metern. Ich hörte das Gekeife der Portierschen auf dem Hof und den alten Herrn nebenan Trompete üben. Jemand hämmerte, und über mir klackerten die Absätze von Fräulein Krause.

Es war Zeit, Schularbeiten zu machen, ein paar Stullen zu schmieren, ins Bett zu gehen. Ich schlug das Aufsatzheft auf, schraubte die Kappe von meinem Füller ab und knabberte ein bisschen an meinem Zopf, und dann fing ich an zu schreiben: Kartoffelsalat mit Buletten.

Uta Lösken

Am Abgrund

Nee, nee, ich komm nicht runter und mach euch auf.« Die alte Frau am Fenster im ersten Stock schüttelte vehement ihren Kopf. »Warum sollte ich euch aufmachen? Ich kenn euch doch gar nicht.«

Unten auf der Straße standen Petra Kramer vom Sozialamt der nahe gelegenen Kreisstadt und ihr Kollege Ludwig Lehnert vom Ordnungsamt. Petra hatte schon mehrfach die Klingel an dem alten Haus gedrückt, hatte es im Inneren laut schellen hören, doch niemand kam an die Tür. Sie schaute auf ihre Schuhe hinunter, deren dunkles Blau von einem gelbgrauen Schleier überzogen war nach den wenigen Schritten vom Auto zur Haustür. Sie klingelte erneut. Gerade als die beiden Beamten zu ihrem Wagen zurückgehen wollten, hatte sich im Obergeschoss ein Fenster geöffnet und eine alte Frau streckte ihren Kopf heraus. Sie reckte sich nach vorne, um zu erkennen, wer sich denn da so ungeduldig gebärdete.

Petra rief zu ihr hoch, sie möchte bitte zur Tür kommen, damit sie in Ruhe miteinander sprechen könnten. »Bitte, Frau Wolters, es ist wirklich wichtig, dass wir uns unterhalten. Das müssen wir doch nicht so durchs ganze Dorf brüllen.«

Ludwig Lehnert wurde langsam ungeduldig. »Warum machen wir hier nur so ein Theater. Meine Güte, wir haben alle Bescheide in der Tasche, die wir brauchen. Da kann sie sich sträuben, wie sie will. Zur Not holen wir eben die Polizei. Ich will die Sache so schnell wie möglich hinter mich bringen.«

»Nun warte doch mal«, versuchte Petra ihn zu beschwichtigen. »Gib mir noch ein paar Minuten, ich schaffe das schon.« Petra sah wieder zum Fenster hinauf. »Frau Wolters, mein Name ist Petra Kramer. Ich habe hier ein Schreiben für Sie.«

»Dann stecken Sie es in den Briefkastenschlitz in der Haustür. Ich lese es mir später durch«, kam prompt die Antwort von oben.

»Tut mir leid, das geht nicht. Wir müssen uns das zusammen anschauen und darüber reden.«

»Ich kaufe aber nichts an der Tür, das sage ich Ihnen gleich. Keinen Staubsauger und keine Versicherung«, erwiderte Frau Wolters, zog sich vom Fenster zurück und verschloss es sorgfältig.

Lehnert trat nervös von einem Fuß auf den anderen. »Mir gefällt das nicht. Mir gefällt das ganz und gar nicht.«

»Ich weiß«, antwortete seine Kollegin. »Mir passt es auch nicht, eine alte Frau aus ihrem Haus zu vertreiben. Aber was sollen wir tun? Die Anordnung liegt schon seit Wochen vor und jetzt ist die Schonzeit endgültig vorbei. Schau mal die Straße runter.«

Lehnert drehte sich nach rechts und schüttelte unzufrieden den Kopf. Die Dorfstraße voller Schlaglöcher wurde auf beiden Seiten von Häusern gesäumt, die ihre beste Zeit schon hinter sich hatten. Die neueren waren in den sechziger Jahren erbaut worden, die meisten stammten aus den Zwanzigern und einige sogar aus der Zeit um die Jahrhundertwende. Der vorletzten. An vielen Fassaden bröckelte der Putz, die Dachpfannen waren auf der Wetterseite vermoost. Die Fensterläden, soweit noch vorhanden, hingen schief in den Angeln und hatten lange keinen frischen Lack mehr gesehen. Hinter zerschlagenen Fensterscheiben flatterten hier und da noch graue Gardinen, sonst konnte man zwischen den gezackten Scheibenresten in dunkle Höhlen sehen. Die Gärten verwilderten, Grasbüschel und Löwenzahn wucherten zwischen Gehwegplatten. Die Straße lag merkwürdig still und leblos da, keine Kinder spielten hier, keine Autos fuhren, im Hintergrund war ein monotones Brummen zu hören. Ludwig Lehnert kannte den Grund für diese Leblosigkeit, er hatte ihn schwarz auf weiß in seiner Aktentasche. Das Dorf war verlassen, war tot, sollte abgerissen werden. Die Dorfstraße endete hinter einer rot-weißen Absperrung im Nichts, in einem gähnenden Abgrund. In der Entfernung, im Dunst nur als Schemen zu erkennen, ein riesiger Bagger.

»Wofür brauchen wir überhaupt noch Braunkohle?«, fragte Lehnert seine Kollegin. »Zum Heizen nimmt die doch keiner mehr. Viel zu viel Dreck. Und das bei unseren Abgasvorschriften.«

»Braunkohlekraftwerke«, gab Petra ein Stichwort. »Stromerzeugung aus heimischen Rohstoffen. Politik eben.«

»Scheißpolitik.« Lehnert war sauer. »Da walzen die ein ganzes Dorf nieder, machen hier alles platt, nur um weiter unrentabel nach Kohle graben zu können. Die Menschen hier interessieren keine Sau.« Er begann sich gerade in Rage zu reden, als sich vorsichtig die Haustür einen Spaltbreit öffnete.

»Was wollen Sie denn nun eigentlich?«, fragte die alte Frau mit heiserer Stimme. Unsicher blickte sie von Petra zu Ludwig und zurück, als diese zwei Schritte auf die Tür zu machten.

»Guten Tag, Frau Wolters. Ich bin Petra Kramer von der Stadt. Und das ist mein Kollege, Ludwig Lehnert. Wir müssen mit Ihnen über Ihr Haus sprechen.«

»Was ist damit?« Die Stimme der alten Frau wurde schrill. »Ich verkaufe mein Haus nicht. Das habe ich den Herren, die früher hier waren, auch schon gesagt. Immer wieder. Jedem, der kam, habe ich das gesagt. Ich verkaufe mein Haus nicht.«

Petra unterbrach die Frau. »Können wir das nicht drinnen besprechen? Hier auf der Straße ist das doch nicht so gut, oder?« Sie machte einen weiteren Schritt auf Frau Wolters zu, als diese die Tür etwas weiter öffnete. Sie hatte schon ihren Ausweis in der Hand und hielt ihn der Frau entgegen. »Sehen Sie, ich bin wirklich von der Stadt. Und mein Kollege auch. – Los, Ludwig, zeig ihr deinen Ausweis!«

Ludwig streckte ebenfalls den städtischen Ausweis vor und Frau Wolters öffnete die Tür nun vollständig. »Na gut«, brummelte sie resignierend, »dann kommen Sie halt rein. Gehen wir in die Küche, da ist's wärmer.« Sie schlurfte in ihren Filzpantoffeln durch den Flur und wandte sich nach links. Petra und Ludwig folgten ihr. Der Küchentisch stand am Fenster. Frau Wolters nötigte die beiden auf die grau lackierten Holzstühle rechts und links davon. »Ich hole mir schnell einen Hocker.« Schon war sie aus dem Zimmer.

Petra sah sich um. Der Küchenschrank war liebevoll mit Häkelspitzen hinter den Butzenscheiben dekoriert, die Emaille am Herd war an den Ecken abgeplatzt und zeigte rostigen Gussstahl. Das neueste Teil im Raum war der Kühlschrank, der leise in einer Ecke vor sich hin brummte.

Frau Wolters zerrte einen Hocker mit weinrotem Plastikbezug hinter sich her, als sie zurückkam. Sie setzte sich an den Küchentisch und sah fragend zwischen ihren Gästen hin und her. »Soll ich einen Kaffee kochen?«

»Nein, danke«, lehnte Petra Kramer ab. »Lassen Sie uns lieber zur Sache kommen.« Sie legte ein Schriftstück auf die Tischplatte. »Frau Wolters, es tut mir leid, dass es so weit kommen musste. Ich habe hier den Bescheid, dass Sie Ihr Haus räumen müssen. Sie sind die Letzte im Dorf, alle anderen sind schon lange umgezogen. Ihretwegen gerät der Abbau ins Stocken. Wissen Sie, wie teuer das ist?«

Frau Wolters sank auf ihrem Hocker zusammen, die Hände im Schoß verschränkt, den Kopf gesenkt.

»Frau Wolters, haben Sie mich verstanden? Wir müssen Sie bitten, Ihre Sachen zu packen. Wir helfen Ihnen auch dabei. Sie ziehen heute um.«

Die alte Frau starrte auf den Boden und gab keinen Laut von sich.

»Frau Wolters, bitte!« Petra fühlte sich hilflos und grausam. »Was soll ich denn machen, Frau Wolters? Ich habe mir das auch nicht ausgesucht.«

Frau Wolters hob langsam den Kopf und blickte Petra verzweifelt in die Augen. »Das können Sie doch nicht machen. Das ist mein Haus. Hier bin ich aufgewachsen. Ich bin hier sogar geboren. Hausgeburt, verstehen Sie? Ich habe mein ganzes Leben in diesem Haus verbracht. Zuerst mit meinen Eltern, dann mit meinem Mann. Und als mein Heinrich starb, da waren die Kinder schon aus dem Haus, da war das Haus alles, was ich noch hatte.« Sie verstummte.

Petra schluckte. »Frau Wolters, ich weiß, es ist schlimm für Sie. Aber wir haben eine schöne Wohnung für Sie. Mit Balkon. Im neuen Dorf. Das ist doch nur ein knapper Kilometer weiter. Da können Sie fast bis hierher gucken.«

»Was heißt hier neues Dorf? Das ist nicht mein Dorf! Das ist nicht der Ort, wo ich zu Hause bin. Das ist so … so unnatürlich. Bloß eine Siedlung, kein Dorf.« Die letzten Worte gingen im Schluchzen unter und Frau Wolters schlug die Hände vor ihr Gesicht.

Petra Kramer rutschte unbehaglich auf ihrem Stuhl hin und her. Sie tastete unbeholfen nach der Hand der alten Frau. »Ludwig, sag doch auch mal was!«

Lehnert war am Anfang des Gesprächs aufgestanden und durch den Raum gegangen. Jetzt wandte er sich den beiden zu. »Frau Wolters, ich kann Sie gut verstehen.« Er zögerte. »Bei uns zu Hause war es nicht der Tagebau, bei uns war es ein Stausee. Sie haben unser Dorf einfach überschwemmt. Am Anfang, als der See noch nicht ganz voll gelaufen war, konnte man die Häuser noch erkennen. Als Kinder fanden wir das ganz lustig. Aber meine Eltern sind nach unserem Umzug nie wieder an diesen Ort gegangen. Sie konnten nicht. Es hat ihnen zu wehgetan.«

Petra sah ihren Kollegen erstaunt an. »Davon hast du noch nie erzählt.«

»Hat ja keiner danach gefragt.«

»Nicht wahr«, ließ sich nun Frau Wolters mit leiser, stockender Stimme vernehmen, »Ihre Eltern fühlten, dass sie ihre Heimat verloren hatten. Auch wenn's nicht weit weg war.« Sie stand schwerfällig auf, ging mit schleppenden Schritten zum Küchenschrank und begann, aus einer Schublade Papiere zu nehmen und in ihre große Handtasche zu packen.

Harald Lahann

Der Auszug aus Ägypten

Unsere Heimat? Sie liegt weit, weit weg. Nicht nur im Sinne der tatsächlichen Entfernung, sondern auch in vielen unserer Köpfe.

Denn die meisten leben schon lange hier, sind teilweise sogar hier geboren. Die Älteren versuchen zwar, durch Lieder und Geschichten die Erinnerung ans Gelobte Land, die Kultur und die Sprache aufrechtzuerhalten. Aber die tägliche Realität ist eine Macht, die einen nach und nach in die Anpassung zwingt. Der Glaube, ja das Glaubenwollen und die dafür erforderliche Hoffnung und Fantasie schwinden mit jedem Großvater, jeder Großmutter, der/die hier in fremder Erde begraben wird.

Schon durch unser Aussehen sind wir von weitem als Ausländer zu erkennen. Wir dürfen, ja wir müssen sogar unsere Landestracht tragen. Außerdem sind wir alle peinlich genau registriert, werden überwacht und täglich nachgezählt. Unser Status in diesem Land ist dabei zwiespältig: Einerseits sind wir Fremdarbeiter, deren Verhalten so unberechenbar erscheint, dass man uns lieber in diesem Ghetto, umgeben von Mauern und Draht, untergebracht hat. Andererseits lockt gerade unsere Andersartigkeit die Einheimischen an, sie zeigen uns ihre Neugier, oft ihr Wohlwollen, teilweise sogar ihre Bewunderung. Aber meist aus dem vorgeschriebenen sicheren Abstand.

Wir halten hier die Wirtschaft in Schwung, ohne uns gäbe es kein Geld und keine Arbeitsplätze. Trotz der verzweifelten, mal lauten und mal leisen Proteste lässt die Regierung uns deshalb nicht ausreisen.

Stattdessen soll das Leben für uns hier so angenehm wie möglich gestaltet werden, Heimweh gar nicht erst aufkommen. Und tatsächlich: Außer Heimat und Freiheit fehlt es uns an nichts: Die Unterbringung, das leibliche Wohl und die medizinische Versorgung sind erstklassig. Die Arbeit an sich ist nicht schwer. Man sollte jedoch ein selbstbewusstes Auftreten mitbringen, sich und die eigene Gesellschaft wirkungsvoll präsentieren können. Vor allem gilt es, Gelassenheit und Geduld bei den vielen Kunden unterschiedlichster Couleur zu bewahren. Kommunikatives Talent und gute Sprachkenntnisse sind dabei natürlich von Vorteil.

Auch wenn meine Kollegen mich manchmal für einen Spinner halten, vergleiche ich unsere Situation gern mit Geschichten aus der Vergangenheit:

Mose führte das Volk Israel von den Fleischtöpfen Ägyptens nach langer Wanderung zurück in ihre Heimat, das Gelobte Land. Martin Luther King »had a dream« von der Gleichberechtigung von Schwarz und Weiß. Mit Nelson Mandela wurde nach langer Zeit die Apartheid in Südafrika abgeschafft.

Eines Nachts hatte ich, wohl inspiriert von diesen Historien, einen Traum: Es ist Nacht. Die Sichel des Mondes taucht ab und zu aus den Wolken auf und wirft schwaches Licht auf das stille Ghetto. Tür und Tor sind verriegelt, zwei Wächter schieben gelangweilt ihre Runden. Alles scheint zu schlafen, aber in Wirklichkeit schlafen wir nicht. Wir warten, warten auf das Signal. Punkt Mitternacht lasse ich meine Trompete ertönen. Wie bei Jericho fallen Mauern, öffnen sich Schlösser. In Scharen drängen die Eingeschlossenen auf die dunklen Ghettowege, stauen sich vor Haupt- und Nebentoren, zwängen sich schließlich in die Freiheit. Niemand kann sie aufhalten. Die wenigen Sicherheitskräfte weichen vor der von unbändiger Begeisterung und aufgestauter Wut getragenen Urgewalt zurück. Der Plan sah vor, sich schnell und geschlossen zum etwa fünf Kilometer entfernten Hafen durchzuschlagen, um dort die »Arche Noah«, einen alten Bananendampfer, den man über geheime Kanäle und einheimische Sympathisanten gechartert hat, zu besteigen. Leider haben wir nicht bedacht, dass viele durch die engen Räumlichkeiten und auch aus Bequemlichkeit über Jahre zu wenig Sport getrieben haben. Auch das natürliche Aufputschmittel »Freiheit« kann fehlende Kondition nur kurzzeitig ersetzen. Bald können viele das Tempo nicht mehr halten, immer mehr fallen zurück, einige müssen erschöpft stehen bleiben.

Von den Schnelleren sehen sie nur noch eine Staubwolke. Überall in der Stadt sind Lichter in den Wohnungen angegangen, man hört Rufe nach den Sicherheitskräften und schon die ersten Sirenen der Einsatzfahrzeuge. Instinktiv zerstreuen wir uns in kleine Gruppen, suchen immer wieder Deckung, schleichen durch dunkle Nebengassen weiter Richtung Hafen. Nur wenige kommen durch. Der Bananendampfer legt um null Uhr fünfundfünfzig nur mit einer kleinen Anzahl vom Kai ab. Die Sicherheitskräfte haben alles abgesperrt und beginnen, als es hell wird, alles zu durchkämmen. Die Einheimischen wurden aufgefordert, in den Häusern zu bleiben und Türen und Fenster geschlossen zu halten. Die meisten von uns haben bereits erschöpft und resigniert den Rückweg ins Ghetto angetreten. Die anderen werden nach und nach aufgestöbert, auf Lastwagen oder in Viehwaggons gezerrt, dort festgebunden und zurückgebracht. Sie erleben alle Abstufungen und Mischungen von Brutalität und Mitleid.

Der Bananendampfer wird auf hoher See aufgebracht. Schließlich sind fast alle wieder da. Einige wurden bei Fluchtversuchen oder verzweifelter Gegenwehr verletzt oder getötet, ein paar haben sich lieber vom Schiff in die tiefe See gestürzt, als von der Küstenwache gewaltsam zurückgebracht zu werden.

Das Ghetto ist jetzt Sperrzone und völlig abgeriegelt. Eine Krisensitzung der Einheimischen jagt die nächste. Der finanzielle Schaden ist nicht abzusehen, die wirtschaftliche Zukunft ungewiss. Das Prestige und der gute Ruf sind dahin. Eine Sonderkommission wird gebildet und ermittelt bald die Rädelsführer. Ich bin einer von ihnen. Wie alle anderen bin ich ja ohnehin zu »lebenslänglich« hier im Ghetto verurteilt. Was soll uns viel Schlimmeres passieren? Denn man braucht uns doch noch. Aber wegen der Gefahr weiterer aufrührerischer Umtriebe ordnet das Gericht in meinem Fall die Giftspritze an. Damit habe ich nicht gerechnet. Vielleicht längere Einzelhaft oder Dunkelzelle, aber die Todesstrafe? Ist die nicht auch in diesem Land verboten?

»Ja«, sagt mir ein Kollege, »aber das gilt leider nicht für Ausländer wie uns. Und an dir soll ein Exempel statuiert werden.«

Man holt mich ab. Ich nehme Abschied von meiner zweiten Heimat, dem Ghetto, meinen Kollegen. Der Transporter hält vor einem langen weißen Gebäude. Ich werde unter Bewachung in einen nackten Raum geführt. Neonlampen strahlen, es riecht nach Desinfektionsmittel. Ich leiste keine Gegenwehr, als man mich mit Ketten fixiert. Der Himmel wird jetzt meine neue Heimat sein, hoffentlich ist es dort frei und weit wie mein ursprüngliches Heimatland. Ein Mann in Weiß tritt langsam auf mich zu, in der Hand eine metallisch glänzende Spritze.

Plötzlich ein stechender Schmerz – ich wache schweißgebadet auf. Mein Zimmernachbar steht mit einem spitzen Stock an meinem Bett und meint entschuldigend: »Anders warst du nicht wach zu kriegen. Was ist denn bloß los? Du wälzt dich ständig herum und murmelst irgendwelchen Blödsinn – wer soll denn da schlafen?«

Ich entschuldige mich, verspreche, jetzt ruhig zu sein. Außerdem bin ich heilfroh, dass alles nur ein Traum war. Und ich nehme mir vor, vorsichtiger mit Äußerungen wie »zurück in die Heimat« zu sein, denn die möglichen Folgen habe ich nun hautnah erlebt. So ein Traum ist manchmal wirklicher und intensiver als die Realität.

Wir nehmen also lieber unser Joch auf uns und fügen uns in das Gegebene. Was Sie für uns tun könnten? Besuchen Sie uns doch erst einmal! Zum Beispiel in Hannover, in der Adenauerallee 3. Oder in Frankfurt, Alfred-Brehm-Platz 16. Vielleicht auch in Berlin, Am Tierpark 125.

Mich persönlich treffen Sie in Hamburg, Hagenbeckallee. Ich bin der indische Elefant, der eine Narbe an der linken Schulter hat und immer so nachdenklich wirkt. Und kommen Sie nicht allein! Bringen Sie mir Leckereien mit. Frische rote Äpfel und Erdnüsse mag ich am liebsten.

Sie sind gut gegen Heimweh.

Marina Jenkner

Das Heimweh der Meerhexe

Das Bild, wie Tante Ursula auf einem Stuhl am Strand saß und der Wind ihre Haare davonzutragen schien, werde ich nie vergessen. Es war Ende der achtziger Jahre, und ich war noch ein Kind, aber ich spürte, dass dies ein besonderer Moment sein musste. Wir fuhren jedes Jahr mit der Familie in den Urlaub, hierher an die Lübecker Bucht, aber Tante Ursula war das erste Mal mit dabei. Sie war meine Großtante und lebte in Süddeutschland, zuletzt hatte ich sie als Kleinkind gesehen, daher nahm ich sie in diesem Urlaub zum ersten Mal bewusst wahr. Wir standen alle da am Strand und starrten in die Lübecker Bucht. Warum wir alle die Ostsee fixierten oder worauf wir warteten, wusste ich nicht. Meine Eltern hatten für die alte Tante einen Klappstuhl in den Sand gestellt und dort saß sie nun, etwas entfernt von uns, und weil außer uns nicht viele andere Menschen am Strand waren, gab sie ein seltsames Bild ab.

»Mama«, fragte meine jüngere Schwester, »müssen alte Omas keine Dauerwelle haben? Oder einen Knoten?«

Meine Mutter schüttelte den Kopf und gab meiner Schwester dann mit einer Handbewegung zu verstehen, dass sie leise sein solle. Dabei hatte meine Schwester Recht. Ich kannte keine alten Frauen, die so seltsam aussahen wie Tante Ursula. Sie trug ihr langes graues Haar offen. Wie einzelne Fäden wehten ihre dünnen Haarsträhnen durch die Luft. Ihr langer Rock wölbte sich windgeschwängert in die gleiche Richtung. Ihre Kleidung war lang und dunkel, sie war hager mit unzähligen Falten und Furchen im Gesicht und ihr Auftreten machte mir Angst. Wir sahen nur ihren Rücken, vor ihr schlugen die Wellen, tanzten wild im Wind, und die alte Frau fing sie mit ihrem Blick ein, schien sie zu lenken, und mir kam in den Sinn, dass sie vielleicht das Meer in ihrer Gewalt haben könnte.

»Papa«, fragte ich leise und so, als würde ich gerade ein Geheimnis lüften, »ist Tante Ursula eine Meerhexe?«

»Nein«, lachte mein Vater, »deine Großtante ist eine ganz normale alte Frau. So wie deine Großmutter eine alte Frau war.«

Ich mochte es nicht, wenn mein Vater von meiner Großmutter sprach, denn ich konnte mich nicht mehr an sie erinnern. Ich kannte sie nur von Fotos, und dort sah sie nicht so exzentrisch aus wie Tante Ursula, deren hagere Gestalt auf dem Stuhl vor der Strandlandschaft aussah, als wäre sie einem Gemälde entsprungen, während sich ihr Rock vom Wind aufbauschte wie die Wellen auf dem Meer. Endlich stellte meine Schwester die entscheidende Frage.

»Was macht die Tante da eigentlich?«

»Sie erinnert sich.« Mein Vater fuhr mit seiner Hand über den Haarschopf meiner Schwester.

»Woran?«

»An ihre Heimat.«

»Also ist sie doch eine Meerhexe!« entfuhr es mir.

Meine Eltern sahen mich streng an, doch bevor sie etwas sagen konnten, starrten alle gebannt zu Tante Ursula, die aus dem Stuhl aufstand und sich aufrichtete, sodass der Wind ihre grauen Haarsträhnen noch wilder tanzen ließ. Sie drehte sich zu uns um und wollte den Stuhl nehmen, doch mein Vater kam ihr zu Hilfe, klappte den Stuhl zusammen und stützte die alte Frau, während sie durch den Sand zu uns stapfte. Auf ihrer dunklen Bluse leuchtete es feurig. Ein dicker orangefarbener Klunker hing an einer Kette um ihren Hals und federte beim Gehen auf ihrer Bluse auf und nieder. Solche funkelnden Steine können nur Meerhexen oder Prinzessinnen besitzen, dachte ich, und eine Prinzessin ist diese alte, faltige Frau auf keinen Fall.

»Und?«, fragte meine Mutter, als die beiden bei uns angekommen waren.

»Es ist die Ostsee, ja«, sagte Tante Ursula, und ich beobachtete, wie sich ihre Falten beim Sprechen auf und nieder bewegten.

»Aber es ist noch anders. Die unendlichen Sanddünen fehlen, der Himmel ist nicht der gleiche, die Luft schmeckt anders – es ist die falsche Ostsee.«

Meine Eltern warfen sich betrübte Blicke zu.

»Bist du im Meer geboren?«, fragte meine Schwester die alte Frau und sie schien dabei gar keine Angst zu haben.

Tante Ursula lächelte und schüttelte den Kopf. »Nein, nicht im Meer, aber am Meer. Und sieh mal, dort findet man solche schönen Steine.« Sie hielt ihren leuchtenden Stein hoch, und ich bekam Angst, dass sie meine Schwester damit verzaubern würde.

»Bringst du mir nächstes Mal auch so einen Stein mit?«, fragte meine Schwester.

Das Gesicht von Tante Ursula verfinsterte sich. Jetzt wird meine Schwester verzaubert, dachte ich, vielleicht in einen Fisch oder in eine so alte faltige Frau wie Tante Ursula. Der Wind wirbelte bedrohlich durch ihre grauen Haare, und ich hatte das Gefühl, dass die Furchen sich noch tiefer in das Gesicht der Tante eingruben.

»Das geht leider nicht, Marjellchen«, sagte sie. »Um dort hinzukommen, wo ich geboren bin, müsste ich drei Grenzen überwinden und das ist unmöglich.«

Meine Schwester verwandelte sich weder in einen Fisch noch in eine alte faltige Frau. Stattdessen erklärte mein Vater, dass man erst in die DDR fahren müsse, dann nach Polen und dann in die Sowjetunion, um an den Ort zu kommen, an dem Tante Ursula und meine Großmutter geboren seien. Aber das ginge nicht, wegen der Politik.

»Also bist du gar keine Meerhexe?«, fragte ich vorsichtig.

Meine Eltern sahen mich entsetzt an. Die alte Frau zog mich an sich, ich fürchtete mich etwas, aber sie beugte sich zu mir herunter und flüsterte mir ins Ohr: »Nein, denn wenn ich eine wäre, würde ich die Grenzen wegzaubern.«

Zwei Jahre später starb Tante Ursula. Kurz danach gab es keine Grenzen mehr.

Vielleicht war sie doch eine Meerhexe, denke ich, als ich Jahre später aus dem Flugzeugfenster ihre Ostsee erblicke.

Stefanie Rudolph

Steine und Kreise

Eiskalter Wind traf ihre Beine und Miriam duckte sich tiefer in den Mantel. Es war idiotisch gewesen, hierher zu kommen. Eigentlich war sie auf dem Weg zu einem Kundentermin in Hamburg, doch sie hatte wie in Trance die Ausfahrt genommen, die sie in die Heide und schließlich zum Steinkreis führte, und war sich erst auf dem Wanderparkplatz wieder ihrer Umgebung bewusst geworden. Anstatt sofort umzukehren, war sie ausgestiegen und auf ihren hohen Absätzen den steinhart gefrorenen, unebenen Pfad entlanggestakst. Ihre Beine fühlten sich taub an und die 200-Euro-Pumps konnte sie inzwischen abschreiben. Dennoch ging sie weiter über die kahle Heide, bis sie schließlich ein wenig atemlos das Hügelgrab erreichte. Die Leere der Landschaft machte sie beklommen, und sie lehnte sich schutzsuchend an den größten der Steine. Seltsam, früher war sie gerne allein hier gewesen, im Winter, wenn der schneidende Wind auch die verwegensten Touristen abhielt. Jetzt kam sie sich so verlassen vor, dass ihre Eingeweide sich verkrampften. Es war genau sieben Monate her, dass sie das letzte Mal hier gestanden hatte. Und zweimal sieben Monate, dass sie bei einem ihrer einsamen Spaziergänge gestört worden war, als sie gedankenverloren vor dem größten der Steine stand, der sie um zwei Köpfe überragte.

»Kaum zu glauben, dass die hier schon seit Tausenden von Jahren liegen, was?« Damals hatte die plötzliche Anwesenheit eines Fremden sie mehr erschreckt als die Einsamkeit vorher, und sie blieb stehen wie gebannt, bewegungsunfähig, sprachlos. Bevor sie ihre Stimme wiederfand, hatte der Mann vor ihr entschuldigend die Hände gehoben.

»Verzeihung, ich wollte Sie nicht stören. Ich verdrücke mich lieber wieder.« Mit einem zaghaften Lächeln und einem Kopfnicken war er dann tatsächlich weitergegangen.

Miriam hatte begriffen, dass das Lächeln vielleicht ihr galt, das Kopfnicken jedoch nicht. Dieser Mann hatte den Steinriesen hinter ihr gegrüßt. Seit sie das Hügelgrab zum ersten Mal gesehen hatte, wusste sie, dass etwas sie mit diesem Ort verband, obwohl sie als Fremde kam. Ihr ganzes Leben lang war sie ständig umgezogen – zuerst mit ihren im diplomatischen Dienst beschäftigten Eltern, dann aus eigenem Antrieb, der Karriere wegen. Doch jedes Mal, wenn sie den Steinkreis betrat, war es, als käme sie nach Hause. Ein Wiedererkennen, eine Zugehörigkeit, die so stark war, dass manchmal Tränen in ihren Augen brannten, wenn sie zwischen den Steinen stand.

Sie begegnete dem Mann in den darauf folgenden Wochen noch mehrere Male, und er lächelte dann wortlos und überließ ihr danach das Gelände. Einmal traf sie nach ihm ein, da sah sie, dass auch er die Hand auf einen der Steine legte und die Augen schloss.

Es war diese Geste, die sie nicken ließ, als er ihr einige Wochen später in die Teestube des Ortes folgte und sie fragte, ob er sich zu ihr setzen dürfe. »Sind Sie hier aus der Gegend?«, fragte er nach einer Weile.

»Hier ist meine Heimat«, antwortete Miriam und wunderte sich über das altmodische Wort, das sie da benutzte. Heimat? Sie wohnte siebzig Kilometer von hier, und auch das erst seit kurzem.

»Ach, dann wissen Sie ja sicher, woher der seltsame Name kommt, oder? Ich bin nur für ein paar Monate hier und habe das Schild an der Autobahn gesehen, ›Meerbeker Braut‹. Ich wusste nicht mal, was für eine Sehenswürdigkeit mich da erwartet, aber seitdem lassen mich diese Steine einfach nicht mehr los. Nur mit dem Namen kann ich rein gar nichts anfangen.«

Miriam war es ähnlich gegangen und sie hatte im Internet recherchiert. »Es ist eine Legende aus dem 18. Jahrhundert, die von der Kirche in Umlauf gebracht wurde, um von den heidnischen Ursprüngen des Hügelgrabs abzulenken«, erklärte Miriam. »Danach wurde vor langer Zeit die Tochter eines reichen Gutsherrn gezwungen, den Sohn des Nachbargutes zu heiraten. Sie jedoch liebte einen anderen, und als der Hochzeitszug über die Heide zur Kirche schritt, verfluchte die Braut die Gesellschaft mit den Worten: ›Lieber sollen alle hier auf der Stelle zu Stein erstarren, als dass ich diesen Mann eheliche.‹ Ihre Bitte wurde erhört, und seitdem steht die versteinerte Hochzeitsgesellschaft hier.«

»Na, ob das jemand geglaubt hat?«, fragte der Mann. »Man braucht doch nur in die Nähe der Steine zu kommen, um zu spüren, dass sie eine uralte Kraft ausstrahlen.«

»Ja, das geht mir auch so«, hatte Miriam gesagt, selbst überrascht über ihre Offenheit.

Es war ein langes, immer vertrauteres Gespräch daraus entstanden.

Miriam schreckte aus ihren Gedanken hoch. Einen Augenblick lang hatte sie geglaubt, seine Stimme zu hören, die ihren Namen rief. Aber das konnte nicht sein – er war weit weg, hatte einen Auftrag in größtmöglicher Entfernung angenommen, weil er ihr den Skandal bei ihrer Hochzeit einfach nicht verzeihen konnte. Erschöpft lehnte sie die Stirn gegen den Stein. Was wollte sie noch hier?

»Lass uns im Steinkreis heiraten«, hatte er vorgeschlagen. »Er hat uns zusammengebracht, es wäre der perfekte Ort für die Trauung.«

Sie hatte zugestimmt, obwohl ihr der Gedanke von Anfang an nicht behagte.

»Meinst du nicht, dass die versteinerte Hochzeitsgesellschaft eher ein schlechtes Omen ist?«, hatte sie schließlich zaghaft eingewandt.

Doch er hatte nur gelacht. »Du fällst doch nicht etwa auf den Trick der Schwarzröcke aus dem 18. Jahrhundert rein, oder? Wir werden diese blöde Legende mit unserer Hochzeit ein für alle Mal auslöschen und den Steinkreis endlich davon befreien!«

Sie spürte, wie wichtig ihm das war, und beließ es dabei. Doch je näher der Hochzeitstag kam, desto beklommener fühlte sie sich.

Miriam ließ sich im Windschatten des Steinriesen zu Boden sinken. Ihre Beine waren einfach zu kalt, um sie länger zu tragen. Dennoch brachte sie nicht die Entschlusskraft auf, zum Auto zurückzugehen. Seltsam eigentlich, dass sie nach allem, was geschehen war, die Steine immer noch als ihre Freunde betrachtete. Sie hatte sogar tatsächlich das Gefühl, den Makel dieser unsäglichen Legende von ihnen genommen zu haben. Nun trug sie ihn stattdessen.

Es war alles perfekt gewesen an ihrem Hochzeitstag. Nach langem Regen hatte der Mai ihnen einige strahlende Tage beschert. Feierlich waren sie mit ihren Gästen über die Heide geschritten. Als Miriam die von der Sonne wie mit Gold übergossenen Steine sah, kamen ihr ihre Bedenken plötzlich lächerlich vor. Wie immer streifte sie zur Begrüßung einen der kleineren Steine mit der Hand, doch statt der wohligen Vertrautheit, die sie sonst spürte, schlugen ihr diesmal Widerwille, Unmut, Zorn entgegen. Miriam sah ihre schlimmsten Befürchtungen bestätigt. Die Meerbeker Braut hasst mich dafür, dass nun doch eine Hochzeit hier stattfindet, schoss es ihr durch den Kopf. Ich habe sie verraten. Verzweifelt versuchte sie ihre Gedanken im Zaum zu halten, doch das Gefühl, etwas Unrechtes zu tun, wurde immer stärker. Während der Pfarrer sie begrüßte und die einleitenden Worte sprach, drehte Miriam nervös den Kopf, um einen Blick ihrer eigens aus Nairobi angereisten Mutter aufzufangen – und spürte Entsetzen. Zwischen den vertrauten Gesichtern von Verwandten und Freunden glaubte sie fremde Gestalten zu sehen, Mitglieder einer anderen zweihundert Jahre alten Hochzeitsgesellschaft. Miriam schloss die Augen und öffnete sie wieder, doch die Schemen verschwanden nicht.

Als sie sich wieder umdrehte, sah sie neben dem Pfarrer die Braut von damals. Sie stand hoch aufgerichtet, gekleidet in ein kornblumenblaues Gewand, das flachsblonde Haar zu einer blumengeschmückten Krone geflochten. Unfähig, den Blick abzuwenden, studierte Miriam ihr Gesicht: ebenmäßige, wie in Stein gemeißelte Züge, beherrscht von den großen umschatteten Augen, deren Farbton den des Kleides noch überstrahlte, in denen jedoch jedes Gefühl erloschen war. Nicht hier, schien die Braut zu sagen. Überall, aber nicht hier. Miriam glaubte zu fühlen, wie die Kraft des alten Fluches mit der älteren Macht der Steine rang, und vor ihren Augen begann es zu flimmern. Ihre Beine wurden taub, ihre Zunge fühlte sich schwer und klobig an. Die Steine schienen näher zusammenzurücken, um sie endgültig in ihrer Mitte aufzunehmen. Woher sie die Kraft nahm, die Zeremonie zu unterbrechen, konnte sie später nicht mehr sagen. Sie hatte gehofft, dass er es verstehen würde, doch der verletzte Ausdruck auf seinem Gesicht war nie verschwunden. Er hatte sich ihre Geschichte angehört, aber für ihn war am Ende nur eine geplatzte Hochzeit übrig geblieben. Peinlich berührte Gäste, Anspielungen auf ihren Geisteszustand, Verständnislosigkeit. Nie war die Sprache darauf gekommen, die Trauung woanders nachzuholen. Schließlich hatte er den Auftrag in Süddeutschland angenommen und sich seitdem nicht mehr bei ihr gemeldet. Miriam hätte ihm gerne geschrieben, dass sie die Wahrheit in der Legende gesucht und gefunden hatte, aber sie kannte seine neue Adresse nicht. Wie besessen hatte sie recherchiert und schließlich die winzige Spur in einer vergilbten Chronik aus dem vorigen Jahrhundert gefunden: Bei der Meerbeker Braut, die einen ungeliebten Mann heiraten musste, handelte es sich nicht um reine Erfindung. Natürlich war die Hochzeitsgesellschaft nicht zu Stein erstarrt, auch wenn die Braut sich das gewünscht haben mochte – sie hatte den Mann geheiratet und ihm ein Kind geboren. Eines Tages jedoch war sie verschwunden, niemand hatte sie je wiedergesehen. Ein Nachkomme der Familie, den Miriam schließlich aufspürte, bestätigte die Geschichte und konnte ihr sogar ein Ölgemälde seiner unglücklichen Vorfahrin zeigen. Miriam hatte die Braut sofort erkannt.

Es begann zu schneien. Wie ein feiner Schleier legten sich Flocken über die Steine. Miriam hob mühsam den Kopf und lauschte. Sie kannte die Stimme, die ihren Namen rief, und sie kannte die Gestalt, die über die Heide auf sie zukam, doch aufstehen konnte sie nicht. Als er schließlich vor ihr stand, kniete er nieder, öffnete seinen Mantel und hüllte sie darin ein. Es dauerte lange, bis sie die Wärme spürte.

Uwe Krüger

Fischgericht

Schön langsam! Das Messer ist scharf und abgetrennte Finger-
kuppen schmecken nicht. Bratkartoffeln. Das passt. Schnitt für
Schnitt. Das Öl ist heiß, es spritzt ordentlich. Was soll's, zwischen
den vielen Altersflecken fallen ein paar Brandblasen nicht weiter auf.
Verschwinden in den Falten. Rein mit euch, so ist's gut! Wie das
knistert! Geht doch! Auch ohne Köchin.

Warum müssen die jungen Dinger immer so empfindlich sein?
Mürrisch und grantig wär ich, hat sie gesagt, irgendwie wurmfräßig.
Ja freilich! Aber zu viel Lob verdirbt den Charakter.

Jetzt die Fische. Schwebforellen. Noch jung und leicht. Die größeren sind für die Gäste. Kopf ab. Halt – zuerst geschuppt! Von hinten
nach vorne, gegen den Strich, kämm euch die Schuppen aus der
Haut, die glitzernden Gebilde sausen durch die Luft, wie das kratzt
und blitzt, an der Schürze abgewischt, gedreht, dann am Rücken,
zuletzt unten, wo sie klein und schleimig sind. Jetzt mit dem Messer
einen schnellen Schnitt am Bauch entlang, weiter bis zum Ende,
aufgeklappt, die Innereien rausgezerrt, Blut geschabt und unter den
Wasserhahn, bis die roten Schlieren im Abfluss verschwinden! Kopf
ab, oder nicht? Die Augen glotzen immer so anklagend – aber ohne
seid ihr zu mickrig!

Was suchen die hier? Kommen aus der Stadt. Studenten. Am Ufer
steht ihr Wagen, die Taucherflaschen haben sie draußen gelassen.
Wollten noch mal runter. Aber ich glaub nicht dran. Haben jetzt
was Besseres vor und nach dem Essen lockt die Lust. Die Laichplätze
der Seeforellen wollen sie erforschen, haben sie gesagt, die riesigen
Grundforellen suchen sie. Als wenn's ein Geheimnis wär! Ha, jeder
Fischer im Dorf könnte es ihnen sagen. Wenn's denn noch welche
gäbe. Sind ja alle fort oder gestorben oder beides. Kann es ihnen auch
nicht verdenken. Hab selbst oft daran gedacht. Aber wohin? Für

mich gibt's auf dieser Erde keinen andern Platz. Dabei bräuchten sie nur zu fragen. Ich weiß schon, wo die meterlangen Milchner stehen, mit ihren geschwungenen Kiefern und den schwarz getupften Silberflanken Eindruck schinden bei den Weibern, sich blitzartig über sie stürzen, den roten Rogen aus der Flanke pressen und ihre Milch drüberschütten, bevor ein Rivale schneller ist. Aber wer nur Augen für sich selbst hat, dem ist nicht zu helfen.

Schwer verliebt sind sie ineinander. Haben ein Zimmer genommen und werden wohl bald darin verschwinden. Warum auch nicht? Nach dem frischen Bad im See kann ein bisschen Wärme nicht schaden. Die ersten Herbststürme haben das kalte Wasser nach oben gedrückt.

Schnell die Kartoffeln gewendet, die Pfanne ist schwer, ich kann sie kaum halten. Gusseisern. Unverwüstlich. Wird mich überleben. Heute brauch ich beide Hände. Die Fische noch mit Thymian gewürzt, Salz, Pfeffer, etwas Rosmarin, Butter geschmolzen, eine Zitrone geteilt.

Rosmarie. Warum bist du nur so früh in die Stadt und hast geheiratet? Ich kann doch nichts dafür, dass ich den Herrn Schwiegersohn von Anfang an nicht leiden konnte! Du warst kaum achtzehn, als der dich heimführte in seine Heimat, eng und schick, Haus mit Zierteich und Tiefgarage, alles inklusive. Aber das Tischgebet habt ihr abgeschafft, gib uns unser täglich Brot, das war dem feinen Pinkel nicht genehm. Wer braucht schon so was, wenn im Kühlschrank der Kaviar wartet? Aber ich, ich hätt dich so gebraucht!

Die Porzellanteller aus dem Schrank, drei auf einen Streich, mehr geht nicht. Die Ränder abgeplatzt, das Muster kaum noch zu erkennen. So, jetzt pack ich euch, hinein ins heiße Fett! Die brennenden Tropfen im Gesicht, wenigstens spüre ich's und gleich ist's vorbei, mmh, wie das riecht. Ich schließe die Augen.

Hättst es wissen müssen! Wenn sie wenigstens Mäuse erdolcht oder Frösche aufgeblasen hätten. Aber das ewige Daumen zuckende Piepsen und Quäken hat mich verrückt gemacht. Erst als ich ihnen das Spielzeug aus den Händen riss und darauf herumtrampelte, bis mir die Puste ausging, war Ruh. Aber nur kurz. Dann fingen sie an zu schreien und zu plärren. Das war ein Gewimmer! Du hast gekreischt und gespuckt und deine Kinder umklammert wie eine Henne, deren Küken der Fuchs die flauschige Kehle durchgebissen hat. Dein Mann hat nichts gesagt, nur geschaut, grimmig, aber nicht schlimmer als ich. Dann habt ihr eure Sachen gepackt und seid gefahren. Und seitdem hab ich keinen mehr von euch gesehen. Nicht ein einziges Mal!

Vor mir brodeln die Fische, schnell die Seite gewendet, ja die prasselnde Hitze frisst sich ins Fleisch.

Einmal im Jahr rufst du an und fragst mich, wie's geht. Gut, sag ich, und du erzählst was von den Kindern, wie groß die schon sind und dass ich sie mal besuchen müsst. Komm du halt, würd ich dann am liebsten antworten, aber ich schluck's runter. Die Worte perlen an mir ab, als hätt ich Wachs auf der Haut. Dein Ton ändert sich, wird vorwurfsvoll und irgendwann legst du auf. Das war's.

So, das Essen ist fertig. Ich setz mich in die Stube. Mag heut nicht alleine essen. Die Teller hoch, vorsichtig durch die schmale Küchentür, da sitzen sie, fast aufeinander und nippen am Bier. Schlecken sich den Schaum von den jungen Mündern oder die Spucke. Er klammert sich an ihr Knie und beachtet mich nicht. Stiert auf die Brüste, spitze Mädchennuggel, aus denen die Milch noch nie geflossen ist. Sie schaut mich an, lächelt sogar und ihre Augen sind wie deine. Schwarz, groß und voller Hoffnung. Zum Wohlsein, sag ich und sie dankt. Er nickt nur und lässt los. Fingert am Besteck. Sie essen. Ich setz mich abseits, Beine angewinkelt, Blick nach oben. Da über mir hängst du, Mörderfisch mit weit aufgerissenem Rachen. Sogar auf der Zunge blecken die dolchigen Zähne. Fixiert in alle Ewigkeit. Ha, wenn ich unter dir sitz, kannst du mich wenigstens nicht anstarren. Glänzende, kalte Glasaugen haben sie reingesetzt. Der Leopold, der hat's gewusst! Hat mir einmal deinen wahren Namen verraten: Esox lucius. Der leuchtende Einzelgänger. Passt gut. Was der Leo alles wusste! War ein schlauer Kerl. Und guter Freund. Nur schwimmen konnte er nicht. Genauso wenig wie ich. Als der kapitale Räuber im Netz auftauchte und sich zappelnd in deinem Hemd verbiss, hätte ich dich noch halten können. Selbst als sich dein Fuß in den Maschen verfing und die verfluchte Bö ein Loch in den See grub, wäre noch Zeit gewesen. Erst als ich das klatschende Wasser neben mir spürte, erwachte ich aus meiner Starre. Schon zerrte die Tiefe an dir, Hände und Arme schienen zu winken, während dein Mund dem eindringenden Tod die Schleusen offen hielt. Luftblasen quollen und zerplatzten wortlos an der Oberfläche. Hilf mir, mein Freund! Ich hätt's versuchen müssen! Doch ich starrte nur, festgewachsen im Boot, und sah, wie dein Gesicht kleiner und kleiner wurde, bis es, herabgezogen von Fisch und Netz, in der blauschwarzen, eisigen Finsternis verschwand.

Aus den knotigen Schlingen mussten sie ihn schneiden und legten ihn mir vor die Füße, zusammen mit dem zuckenden Fisch, festgebissen in ein gemeinsames Schicksal. Sie konnten das sperrige Maul auch mit Gewalt nicht aufreißen. Erst als ich mein Messer in dein Herz bohrte, verließ dich die Kraft. Jetzt hängst du an der Wand und erinnerst mich an meine Feigheit und Schwäche.

Die zwei sind fertig, abgefieselt haben sie die Knochen und säuberlich geschichtet wie kleine Scheiterhaufen. Jetzt lachen sie und winken zu mir rüber, wollen noch zwei Halbe und die Fischreste vom Tisch. Die Teller auf die Theke. Das Bier gezapft. Gleich ist's so weit. Nur nicht ungeduldig, junger Mann, der Saft ist frisch und wird sofort serviert! Kannst wohl nicht warten und das Zipferl juckt?

Raus hier, die Abfälle, schnell in die Tonne, den Deckel hoch, weg mit euch Fliegengesindel! Aber – was ist das? Ein nasses Knäuel aus Algen? Mich trifft der Schlag! Ich kenne die Schlingen nur zu gut. Das Leichentuch vom Leopold! Schnell zurück. Da gehen sie, eng umschlungen, schleichen durch die Tür. Halt ihr zwei, bleibt stehn! Sie schauen seltsam, ich muss was sagen.

»Des Netz da drauß'n … Habt's ihr des in die Tonne g'schmiss'n?«

»Ja, das haben wir aus dem See gefischt, damit sich niemand beim Tauchen darin verfängt. Ist was damit?«

Ich schüttel den Kopf. Dann ist es wahr. Ein Stück vom alten Netz! Sie haben es wohl am Grund entdeckt und aus dem Schlamm gezogen. Mir ist schwindlig, ich halte mich am Schanktisch fest wie damals auf dem Kahn. Ich starr dich an und deine grünen Glasaugen glitzern lebendig.

»Du greanes Scheusal, du! Dir zoag i's!«

Nein, nein, sag ich, alles in Ordnung. Die zwei wollen weg und Recht haben sie. Raus aus der Stube! Ich steh und hör die Treppe knarzen und ihre Stimmen flüstern, ungeduldige Sirenen. Ich pack den Stuhl, steig darauf, ein Griff und schon reiß ich dich herab von deiner Warte. Bist nicht geschaffen für die Vogelperspektive. Raus zu den anderen Kadavern und dem Rest der Fischerfalle. Dahin hättst schon längst gemusst!

Fort, nur fort, runter zum See! Der Föhn hat die Wolken weggeblasen. Wird ein schönes Abendrot. Da liegt ihre Ausrüstung, die schwarze Gummihaut, Flaschen mit Sauerstoff, an denen gefaltete Schläuche baumeln. Sie haben alles stehen und liegen lassen. Ob ich es wage? Das Mundstück drückt und schmeckt nach Plastik. Es kommt nichts, obwohl ich daran sauge wie ein junges Kalb. Hier muss ich drehen, aah, trockene Luft rieselt in meine Lungen. Mein Körper atmet auf. Staub zu Staub, sagen die Pfaffen. Aber das ist nur die halbe Wahrheit. Was lebt, wird zu Wasser, zu Wasser wird, was lebt. Leopold, was nur wolltest du mir sagen? Ich schnall die Flaschen auf's Kreuz und wanke los. Schritt für Schritt. Dahin hättst schon längst gemusst! Jetzt tauch ich ein und hör – die Stille. Das Licht blinzelt zwischen den Wellen herab und streichelt meinen Kopf. Meine Arme lassen los, ich rutsche in die Dunkelheit und suche deine Stimme. Alles wird leicht. Ein Leuchten um mich her, so schön. Die Welt dreht sich, ich gleite immer tiefer oder höher, ein Murmeln in den Ohren – ich höre dich – roter Nebel zieht herauf, ich schwebe weiter, zum Licht, zum Ende.

Die Autoren

Christoph Aistleitner

Christoph Aistleitner, der 1982 in Linz (Österreich) geboren wurde, lebt heute in Graz, wo er sich als Projektmitarbeiter an der Technischen Universität mit Wahrscheinlichkeitstheorie befasst. Neben der Kunst- und Architekturgeschichte sowie der Biologie gilt sein Interesse seit knapp zehn Jahren zunehmend dem Schreiben. Viele seiner Arbeiten aus den Bereichen Kurzprosa und Lyrik sind inzwischen in Anthologien und Literaturzeitschriften veröffentlicht worden. Schauplatz seines Beitrags »Der Wilde« ist ein kleines Dorf, ähnlich jenem, in dem er selbst aufgewachsen ist und dem er sich noch immer heimatlich verbunden fühlt.

Dorothea Beckmann

Dorothea Beckmann, Jahrgang 1968, geboren und aufgewachsen im Ruhrgebiet, lebt seit siebzehn Jahren in Münster, wo sie nach einem Publizistik- und Lehramtsstudium heute als Logopädin, Gesangslehrerin und Stimmbildnerin tätig ist. Obwohl Schriftstellerin schon von klein auf ihr Traumberuf war, verfasste sie erst vor zwei Jahren ihre erste für die Öffentlichkeit bestimmte Kurzgeschichte. Beim Tagesspiegel-Erzählwettbewerb und beim Münchner Menüwettbewerb zählte sie seitdem zu den Preisträgern. In ihrer Geschichte »Trelleborns Dialog« bestimmt ein ominöser Untermieter das Leben Trelleborns, der trotz einiger Irritationen schließlich ein Gefühl des heimatlichen Wohlbehagens entwickelt. Für Dorothea Beckmann ist Heimat manchmal ihr Lieblingsbiergarten, ihr bevorzugter Radiosender oder eine Funny-van-Dannen-CD, immer aber die Nähe ihrer Freunde und ihre persönliche Gedankenwelt.

Katharina Bendixen

Katharina Bendixen wurde 1981 in Leipzig geboren und ist ihrer Heimatstadt – abgesehen von längeren Aufenthalten in Spanien, Mexiko, der Mongolei und Argentinien – treu geblieben. In Leipzig studiert sie Buchwissenschaft und Hispanistik, nebenbei ist sie als freie Literaturrezensentin für mehrere Magazine tätig. Veröffentlichungen in Literaturzeitschriften und Anthologien sowie die Endrundenteilnahme beim renommierten »Open Mike« der Literatur-Werkstatt Berlin im Jahr 2005 zählen zu ihren literarischen Erfolgen. Ihr Berufswunsch Literaturrezensentin hat viel mit ihrem Verständnis von Heimat zu tun, die sie persönlich im literarischen Umfeld und im Umgang mit Büchern gefunden hat. Wie Heimat aber auch an Wert verlieren kann, zeigt sie atmosphärisch genau in ihrem mit dem ersten Preis dotierten Beitrag »Kellerfernseher und Fußbodenheizung«, der den Besuch einer Tochter bei ihren Eltern schildert.

Kevin Effing

Karin Effing, die auch unter dem Namen Kevin Effing schreibt, wurde 1972 in Münster geboren. Sie studierte Gender Studies und Neuere Deutsche Literatur und schloss eine Ausbildung zur Fachangestellten für Medien- und Informationsdienste ab. Heute arbeitet sie als Redakteurin beim Frauen-Online-Magazin AVIVA. Karin Effing, die seit kurzem wieder ernsthaft schreibt und bereits Kurzgeschichten und Gedichte veröffentlichte, hat ihre Heimat bei ihrem Lieblingsmenschen und in Berlin gefunden – der Stadt, die auch die Kulisse zu ihrem Beitrag »Freddie, Buste und ich« bildet. In ihrer mit dem dritten Preis ausgezeichneten Geschichte, in der sich drei Außenseiter plötzlich mit dem Begriff Heimat konfrontiert finden, thematisiert sie die Lebenswelten jener Menschen, die von der Gesellschaft ausgeschlossen werden.

Angelika Friebe

Für Angelika Friebe, die einer Flüchtlingsfamilie aus Breslau entstammt, ist Heimat nichts Selbstverständliches. 1947 wurde sie in Schönberg geboren, seit 1950 lebt sie in Kiel – eine Stadt, die ihr durch ihre Menschen und deren Sprache, durch Traditionen und Erlebnisse zur Heimat wurde. Die gelernte Industriekauffrau arbeitete über 30 Jahre im Unternehmen ihres Mannes und suchte nach ihrem Ausscheiden aus dem Berufsleben nach einer sinnvollen Tätigkeit, die sie im Schreiben fand. Als Einstieg diente ihr ein Fernlehrgang an der »Schule des Schreibens«. Seitdem widmet sie sich mit wachsender Begeisterung ihren Kurzgeschichten und Gedichten. Ein erster Roman ist in Arbeit. Ihr besonderes Verhältnis zum Begriff Heimat sowie Teile ihrer eigenen Lebensgeschichte sind in ihren Beitrag »Reise in ein ungel(i)ebtes Land« eingeflossen, der die Fahrt einer Tochter in die verlorene Heimat der Mutter schildert.

Adrienne Friedlaender

Adrienne Friedlaender wurde 1962 in Hamburg geboren, wo sie auch heute mit ihrer Familie lebt. Nach einer kaufmännischen Ausbildung sammelte sie einige Jahre Berufserfahrung in den unterschiedlichsten Bereichen. Aus der Lust am Lesen entwickelte sich für sie immer mehr die Lust, auch selbst zu schreiben. Seit vier Jahren verfasst sie Kurzgeschichten und zählte bereits beim Schreibwettbewerb des Hamburger Obdachlosenmagazins Hinz&Kunzt zu den Preisträgern. Nach der Trennung ihrer Eltern zog Adrienne Friedlaender dreizehnjährig mit ihrer Mutter nach Timmendorf und lebte dort fünf Jahre – diese Zeit inspirierte sie zu ihrer Geschichte »Klassentreffen«, in der sie die Frage aufwirft, ob Heimatgefühle beliebig reproduzierbar sind.

Michael Hetzner

Michael Hetzner wurde 1955 in Heilbronn geboren. Während des Studiums der Germanistik und Pädagogik zog es ihn nach Ludwigsburg, später nach Stuttgart. Es folgten die Promotion im Fach Philosophie und ein weiterer Doktortitel in Pädagogik. Als Berater und Coach einer großen deutschen Bank lebt und arbeitet er heute im Großraum Stuttgart. Sein innerer Drang zum Schreiben fand neben wissenschaftlichen Publikationen auch in zahlreichen Erzählungen seinen Ausdruck. In seinem Beitrag »Jedwabne« geht es ihm um die Auseinandersetzung einer Tochter mit den Gräueltaten, die am Heimatort der Mutter an den jüdischen Nachbarn begangen wurden. Seine ganz persönliche Heimat erlebt Michael Hetzner vor allem an seinem zweiten Wohnsitz in Westböhmen. Das »melancholisch-aufmüpfige, ironische, sich jeglicher Obrigkeit widersetzende Temperament« der Menschen dort besitze auch er.

Marina Jenkner

Marina Jenkner, die heute in Wuppertal lebt, wurde 1980 in Detmold geboren. Nach dem Studium der Germanistik, Kunst- und Designwissenschaften und Architektur arbeitet sie derzeit als Teilzeit-Texterin in einer PR-Agentur und Vollzeit-Texterin in eigener Sache. Schon seit ihrem achten Lebensjahr schreibt Marina Jenkner, entstanden ist dabei eine beachtliche Sammlung an Lyrik- und Prosatexten. Viele davon wurden in Anthologien und Literaturzeitschriften veröffentlicht. Im Oktober 2006 erscheint ihr erster Lyrikband »Wupperlyrik«. Die Personen ihrer Geschichte »Das Heimweh der Meerhexe« sind frei erfunden, wenn auch das Thema viel mit ihrer Familiengeschichte und ihrer verstorbenen ostpreußischen Großmutter zu tun hat, die ihre Erinnerungen stets für sich behielt.

Uwe Krüger

Uwe Krüger, geboren 1964 in Frankfurt am Main, wohnt heute in Waldbrunn im Odenwald. Der gelernte Verlagskaufmann und Biologe arbeitete lange als Import-Export-Manager bei einem weltweit tätigen Unternehmen und ist heute als Export-Manager beschäftigt. Seit etwa acht Jahren befasst er sich intensiv mit dem Schreiben und kann bereits auf einige Veröffentlichungen in Anthologien verweisen. In seinem Beitrag »Fischgericht« erzählt er von der Einsamkeit eines alten Mannes, für den Heimat zugleich Geborgenheit und Gefängnis bedeutet und der an dieser Ambivalenz zerbricht, als ihm – hervorgerufen durch ein äußeres Ereignis – die Trostlosigkeit seines Daseins vor Augen geführt wird. Der Begriff Heimat hat für Uwe Krüger viele Facetten, beinhaltet aber immer ein starkes Gefühl von lebendiger Vergangenheit, die sich in der Gegenwart zeigt.

Harald Lahann

Harald Lahann, Jahrgang 1964, wurde in Heide/Holstein geboren und lebt heute mit seiner Frau und seinen beiden kleinen Söhnen als Bilanzbuchhalter in Leezen bei Bad Segeberg. Seine Frau war es, die ihn ermutigte, seine Texte an die Öffentlichkeit zu bringen. Mit Erfolg: In den Jahren 2002 und 2003 belegte er mit seinen Geschichten beim großen plattdeutschen Kurzgeschichtenwettbewerb des NDR den ersten und den dritten Platz. Eine Fernsehdokumentation über einen Tierpark war Auslöser für seine Geschichte »Auszug aus Ägypten«, einer Fabel über das Heimweh. Persönlich fällt Harald Lahann bei »Heimat« zuerst der Bauernhof seiner Großeltern ein, auf dem er als Junge immer seine Ferien verbrachte.

Wiete Lenk

Wiete Lenk wurde 1956 in Dresden geboren. Die studierte Betriebs-
wirtin, die derzeit als Bilanzbuchhalterin arbeitet, ist verheiratet und
hat zwei Kinder. Schon während der Schulzeit entdeckte sie ihre Liebe
zum Schreiben, die nicht zuletzt aus ihrer »Sammelleidenschaft« re-
sultiert. Sie beschreibt sich selbst als aufmerksame Beobachterin, die
diese Beobachtungen später in ihre Erzählungen einfließen lässt. Einige Veröffentlichungen in kleinen Verlagen und Zeitschriften sind
die Ergebnisse dieser Leidenschaft. In ihrem Beitrag »Wir werden
heimkommen, Kleine« verleiht der Gedanke an die Heimat den beiden Protagonisten Mut und Willen, eine Schiffskatastrophe zu überleben. Es ist eine fiktive Erzählung aus erster Hand, denn die Autorin
ist vor Jahren selbst als Stewardess zur See gefahren, bevor sie wieder
in ihrer Heimatstadt Dresden Anker warf.

Uta Lösken

Uta Lösken kam 1962 in Aachen zur Welt und lebt nun in einem
Dorf im Oberbergischen Kreis. Dazwischen absolvierte sie ein Lehramtsstudium und eine Programmierausbildung, war mehrere Jahre
als Organisations-Programmiererin tätig und arbeitet seit 2003 selbst-
ständig als Nachhilfelehrerin. Dem Schreiben widmet sie sich schon
mehrere Jahre, doch erst vor einem Jahr hat sie sich einer Schreib-
werkstatt angeschlossen und trägt ihre Texte erfolgreich in die Öffentlichkeit. In ihrer Kindheit führte sie ein Weg immer wieder an einem
großen Tagebaugebiet vorbei. Ein Fernsehbericht über den Tagebau
Garzweiler II war schließlich der Anstoß für Uta Lösken, sich in
ihrem Beitrag »Am Abgrund« mit dem Thema der unwiderruflich
verlorenen Heimat auseinanderzusetzen.

Anja Manz

Anja Manz, die 1962 in Mannheim geboren wurde, lebt heute nach mehreren Zwischenstationen in Potsdam. Nach dem Studium der Literaturwissenschaft und Sozial- und Wirtschaftsgeschichte schloss sie eine journalistische Ausbildung an und arbeitet seit zwölf Jahren beim Rundfunk Berlin-Brandenburg. Der Traum, Schriftstellerin zu werden, begleitet sie schon von früh an, doch erst nach der Geburt ihres ersten Kindes widmete sie sich wieder ernsthaft dem Verfassen fiktionaler Texte. Seitdem hat sie bereits einige Geschichten veröffentlicht, vom Land Brandenburg erhielt sie ein viermonatiges Stipendium. In ihrem Beitrag »Besenrein« vermischen sich für sie die Erinnerungen an die erste Heimat ihrer Kindheit mit Bildern der ersten Liebe. Persönlich findet Anja Manz ihre Heimat in ihrer Familie – aber auch unter dem weiten Himmel über Potsdam.

Jutta Miller-Waldner

Jutta Miller-Waldner wurde 1942 in Berlin geboren, wo sie auch heute noch lebt. Neben ihrer Arbeit als Forschungsassistentin ist sie als freiberufliche Lektorin tätig. Gleichzeitig engagiert sie sich als erste Vorsitzende der Interessengemeinschaft deutschsprachiger Autoren (IGdA) e. V. und als Herausgeberin der Literaturzeitschrift des Verbands, der IGdA-Aktuell. Schon seit ihrer Schulzeit schreibt sie Lyrik, Kurz- und Kindergeschichten. Teile davon finden sich in ihrem Lyrikband »Der Traum eines Schmetterlings«, in zahlreichen Literaturzeitschriften und Anthologien und in den diversen Internetprojekten der Autorin. »Kartoffelsalat mit Buletten« gibt ihrem Beitrag nicht nur den Namen, sondern spielt auch für Jutta Miller-Waldner in ihren Erinnerungen an ihre Heimat Berlin eine gewichtige Rolle.

Sabine Prigge

Sabine Prigge, Jahrgang 1967, konnte sich lange Zeit keine andere Heimat als ihren Geburtsort Kleve vorstellen – bis sie der Liebe wegen nach Marburg zog und dort eine Familie gründete, mit der sie heute wieder in Kleve lebt. Den Begriff »Heimat« verbindet sie seither nicht mit Orten, sondern mit dem Gefühl der Geborgenheit, das sie vor allem mit ihrer Familie findet. Zum Schreiben, als kreativem Ausgleich zu ihrer Tätigkeit als Controllerin, kam sie im Jahr 2003. Als Mitglied einer Internet-Schreibwerkstatt lernte sie viel über das Schreiben von Kurzgeschichten. Eine davon belegte beim 1. Timmendorfer Literaturwettbewerb im Jahr 2006 den ersten Platz. Ihr Wettbewerbsbeitrag beruht auf einer Kindheitserinnerung. Sie erlebte, wie ein erwachsener Mann vor lauter Heimweh erkrankte, und setzte ihre damalige Verwunderung in der Geschichte »Das erste Mal« literarisch um.

Stefanie Rudolph

Stefanie Rudolph wurde 1969 in Backnang in Baden-Württemberg geboren. Nach Stationen in Oldenburg und zuletzt zwei Jahren in San Francisco ließ sie sich vor kurzem mit ihrem Lebensgefährten in der Uckermark nieder. Schon seit frühester Kindheit liebt die staatlich geprüfte Übersetzerin die Frage »Was wäre, wenn?« und das Spiel mit Worten. Eine Leidenschaft, der sie auch im Berufsleben nachgeht: Heute arbeitet Stefanie Rudolph abwechselnd als freiberufliche Werbetexterin, Übersetzerin und Autorin. Das Großsteingrab aus ihrer Geschichte »Steine und Kreise«, an dem zwei Menschen heimatliche Gefühle und schließlich zueinander finden, gibt es wirklich und wird von Stefanie Rudolph immer wieder als Inspirationsquelle aufgesucht. Ihre ganz persönliche Heimat findet sie hingegen tief in sich selbst sowie in der Freundschaft und Liebe der Menschen, die ihr nahe stehen.

Werner H. Schönherr

Werner H. Schönherr wurde 1937 in Essen geboren und lebt heute in der Gemeinde Berumbur in Ostfriesland. Der pensionierte Kommunalbeamte widmet sich neben Garten und Chorgesang seit nunmehr 35 Jahren begeistert dem Schreiben. Ersten journalistischen Beiträgen, die er nebenher zu Papier brachte, schließen sich seit 1990 literarische Texte an. Neben Geschichten in Zeitschriften und Zeitungen sind inzwischen bereits drei Bücher von ihm erschienen. Seine Heimat findet Werner H. Schönherr seit 49 Jahren in der Ehe mit seiner Frau – in seiner Geschichte »Neun Quadratmeter« ist es hingegen eine Gefängniszelle, die ihrem Insassen Geborgenheit und Heimat vermittelt.

Anja Seuthe

Anja Seuthe wurde 1967 in Lüdenscheid geboren. Heute lebt die studierte Ethnologin abwechselnd in Essen und im ägyptischen Giza und arbeitet neben ihrer Tätigkeit als Hausfrau und Mutter im familieneigenen Betrieb mit. Es faszinierte sie schon immer zu schreiben und sich so anderen mitzuteilen. Einige ihrer Gedichte sind bereits in Anthologien erschienen, beim Literaturwettbewerb »Das andere anders sehen« gewann sie im Jahr 2003 den dritten Preis. Ein persönliches Interesse an der Thematik führte zu ihrem Beitrag »Istanbul Grill«, in dem ein deutsches und ein türkisches Elternpaar sich durch die angekündigte Hochzeit ihrer Kinder der jeweils anderen Kultur und ihrer eigenen Herkunft stellen müssen. Anja Seuthes Heimatgefühl speist sich aus der Erinnerung an ihre Wurzeln und der Liebe zu ihrer Familie.

Sybil Volks

Sybil Volks wurde 1965 in Rheine in Westfalen geboren. Sie lebt und arbeitet heute als freie Lektorin für Buchverlage, Dozentin und Autorin in ihrer Wahlheimat Berlin. Seit etwa 20 Jahren schreibt die Germanistin. Entstanden sind zahlreiche Veröffentlichungen von Kurzprosa und Lyrik in Zeitschriften und Anthologien. Beim bundesweiten Wettbewerb »Open Mike« der Literatur-Werkstatt Berlin gelang ihr zweimal der Sprung ins Finale, und sie erhielt ein Stipendium des Berliner Senats. Das Thema »Heimat« gewann für sie während eines längeren Aufenthaltes in Ungarn an Bedeutung. Nie zuvor hatte sie sich so bewusst als Deutsche wahrgenommen wie dort – wo sie auch miterlebte, wie Mitte der 1990er Jahre für viele Menschen, die auf dem Land lebten, das soziale Netz zusammenbrach. In diesen Erfahrungen begründet ist auch ihre Geschichte »Strom, Wasser, Schlangen«, in der ein kleiner Junge seine Heimat verteidigt. Für Sybil Volks persönlich ist Heimat immer dort, wo sie lesend auf einem Bett liegen kann.

Verena Wolf

Verena Wolf, die 1972 in Alsfeld geboren wurde, lebt heute als Online-Marketing-Managerin in Köln. Schon während ihres Literatur- und BWL-Studiums schrieb sie nebenbei für Zeitungen und veröffentlichte diverse Kurzgeschichten – und setzte damit eine Leidenschaft fort, die sich bei ihr schon im Kindesalter äußerte. Damals bevölkerten noch Drachen und Ufos ihre Geschichten – in ihrem Beitrag »Wieder zuhause«, den die Jury mit dem zweiten Preis bedachte, sind es hingegen zwei ehemalige Freundinnen, die sich nach Jahren wieder in ihrer kleinen Heimatstadt gegenüber stehen. Für Verena Wolf symbolisieren die beiden die Zweischneidigkeit, die sie selbst fühlt, wenn sie an ihre Heimatstadt, eine abgelegene hessische Kleinstadt, denkt.

Die Jury

Cordelia Borchardt (*1962) promovierte nach einem Anglistik- und Germanistikstudium in München und London in Englischer Literaturwissenschaft, arbeitete als wissenschaftliche Assistentin an der Universität München und ist seit 1993 im Verlagsbereich tätig. Seit 1998 bei den Fischer Verlagen in Frankfurt am Main, ist sie nun als Lektorin im Krüger und im Scherz Verlag für die Belletristik zuständig.

Nicol Ljubić (*1971) studierte Politikwissenschaft in Bremen und ließ sich anschließend an der Henri-Nannen-Schule in Hamburg zum Journalisten ausbilden. 2002 veröffentlichte er seinen ersten Roman »Mathildas Himmel«. In seinem jüngsten Buch »Heimatroman« (2006) schildert er, wie sein kroatischer Vater »ein Deutscher wurde«. Neben seiner Arbeit als Autor ist er weiterhin journalistisch tätig.

Irene Nießen (*1957) studierte Germanistik, Politische Wissenschaften und Zeitungswissenschaft in Aachen und München. Nach Tätigkeiten als Pressereferentin, Lektorin, Übersetzerin, Herausgeberin und Redakteurin gründete sie 1997 in Frankfurt am Main das Medienbüro. Von dort aus verantwortet sie u. a. das Buchjournal.

Ute Nöth (*1975) ist heute, nach einer Ausbildung zur Buchhändlerin und dem Studium der Verlagswirtschaft an der HTWK Leipzig, als Pressesprecherin bei BoD in Norderstedt bei Hamburg tätig.

Eva Wlodarek (*1947) studierte Germanistik und Philosophie, danach Psychologie. Sie ist Autorin von Ratgeber-Büchern, berät als Psychotherapeutin in eigener Praxis und ist Psychologin der Zeitschrift »Brigitte«.